YADAN

雅典文化

初學者「一定要會的」100句日語

50音基本發音表

清音

•track 002

a	ㄚ	i	ㄧ	u	ㄨ	e	ㄝ	o	ㄡ
あ	ア	い	イ	う	ウ	え	エ	お	オ
ka	ㄎㄚ	ki	ㄎㄧ	ku	ㄎㄨ	ke	ㄎㄝ	ko	ㄎㄡ
か	カ	き	キ	く	ク	け	ケ	こ	コ
sa	ㄙㄚ	shi	ㄒ	su	ㄙ	se	ㄙㄝ	so	ㄙㄡ
さ	サ	し	シ	す	ス	せ	セ	そ	ソ
ta	ㄊㄚ	chi	ㄑㄧ	tsu	ㄘ	te	ㄊㄝ	to	ㄊㄡ
た	タ	ち	チ	つ	ツ	て	テ	と	ト
na	ㄋㄚ	ni	ㄋㄧ	nu	ㄋㄨ	ne	ㄋㄝ	no	ㄋㄡ
な	ナ	に	ニ	ぬ	ヌ	ね	ネ	の	ノ
ha	ㄏㄚ	hi	ㄏㄧ	fu	ㄈㄨ	he	ㄏㄝ	ho	ㄏㄡ
は	ハ	ひ	ヒ	ふ	フ	へ	ヘ	ほ	ホ
ma	ㄇㄚ	mi	ㄇㄧ	mu	ㄇㄨ	me	ㄇㄝ	mo	ㄇㄡ
ま	マ	み	ミ	む	ム	め	メ	も	モ
ya	ㄧㄚ			yu	ㄧㄩ			yo	ㄧㄡ
や	ヤ			ゆ	ユ			よ	ヨ
ra	ㄌㄚ	ri	ㄌㄧ	ru	ㄌㄨ	re	ㄌㄝ	ro	ㄌㄡ
ら	ラ	り	リ	る	ル	れ	レ	ろ	ロ
wa	ㄨㄚ			o	ㄡ			n	ㄣ
わ	ワ			を	ヲ			ん	ン

濁音

•track 003

ga	ㄍㄚ	gi	ㄍㄧ	gu	ㄍㄨ	ge	ㄍㄝ	go	ㄍㄡ
が	ガ	ぎ	ギ	ぐ	グ	げ	ゲ	ご	ゴ
za	ㄗㄚ	ji	ㄐㄧ	zu	ㄗ	ze	ㄗㄝ	zo	ㄗㄡ
ざ	ザ	じ	ジ	ず	ズ	ぜ	ゼ	ぞ	ゾ
da	ㄉㄚ	ji	ㄐㄧ	zu	ㄗ	de	ㄉㄝ	do	ㄉㄡ
だ	ダ	ぢ	ヂ	づ	ヅ	で	デ	ど	ド
ba	ㄅㄚ	bi	ㄅㄧ	bu	ㄅㄨ	be	ㄅㄟ	bo	ㄅㄡ
ば	バ	び	ビ	ぶ	ブ	べ	ベ	ぼ	ボ
pa	ㄆㄚ	pi	ㄆㄧ	pu	ㄆㄨ	pe	ㄆㄝ	po	ㄆㄡ
ぱ	パ	ぴ	ピ	ぷ	プ	ぺ	ペ	ぽ	ポ

拗音

•track 004

kya	ㄎ一ㄚ	kyu	ㄎ一ㄩ	kyo	ㄎ一ㄡ
きゃ	キャ	きゅ	キュ	きょ	キョ
sha	ㄒ一ㄚ	shu	ㄒ一ㄩ	sho	ㄒ一ㄡ
しゃ	シャ	しゅ	シュ	しょ	ショ
cha	ㄑ一ㄚ	chu	ㄑ一ㄩ	cho	ㄑ一ㄡ
ちゃ	チャ	ちゅ	チュ	ちょ	チョ
nya	ㄋ一ㄚ	nyu	ㄋ一ㄩ	nyo	ㄋ一ㄡ
にゃ	ニャ	にゅ	ニュ	にょ	ニョ
hya	ㄏ一ㄚ	hyu	ㄏ一ㄩ	hyo	ㄏ一ㄡ
ひゃ	ヒャ	ひゅ	ヒュ	ひょ	ヒョ
mya	ㄇ一ㄚ	myu	ㄇ一ㄩ	myo	ㄇ一ㄡ
みゃ	ミャ	みゅ	ミュ	みょ	ミョ
rya	ㄌ一ㄚ	ryu	ㄌ一ㄩ	ryo	ㄌ一ㄡ
りゃ	リャ	りゅ	リュ	りょ	リョ

gya	ㄍ一ㄚ	gyu	ㄍ一ㄩ	gyo	ㄍ一ㄡ
ぎゃ	ギャ	ぎゅ	ギュ	ぎょ	ギョ
ja	ㄐ一ㄚ	ju	ㄐ一ㄩ	jo	ㄐ一ㄡ
じゃ	ジャ	じゅ	ジュ	じょ	ジョ
ja	ㄐ一ㄚ	ju	ㄐ一ㄩ	jo	ㄐ一ㄡ
ぢゃ	ヂャ	づゅ	ヂュ	ぢょ	ヂョ
bya	ㄅ一ㄚ	byu	ㄅ一ㄩ	byo	ㄅ一ㄡ
びゃ	ビャ	びゅ	ビュ	びょ	ビョ
pya	ㄆ一ㄚ	pyu	ㄆ一ㄩ	pyo	ㄆ一ㄡ
ぴゃ	ピャ	ぴゅ	ピュ	ぴょ	ピョ

平假名	片假名

目錄

●track 005

表達需求

ちょっとお伺(うかが)いしたいんですが。
cho.tto./o.u.ka.ga.i./shi.ta.i.n./de.su.ga.
我想請問一下。

說　明

「…たいんですが」是向對方表達自己想要做什麼，比如說想要發問，或是想要購買物品之類的情況，就可以用這個句子。除此之外，如果是想表達「想要某樣東西」的時候，則可以使用「…がほしいんですが」。「ん」也可用「の」替代。

會　話

Ⓐ ちょっとお伺(うかが)いしたいんですが。
cho.tto./o.u.ka.ga.i.shi.ta.i.n.de.su.ga.
請問一下。

Ⓑ はい。どういったことでしょうか？
ha.i./do.u.i.tta.ko.to./de.sho.u.ka.
好的，有什麼事呢？

會　話

Ⓐ あの、ちょっとお伺(うかが)いしたいことがあってお電話(でんわ)したんですが。

a.no./cho.tto./o.u.ka.ga.i.shi.ta.i.ko.to.ga./a.tte./o.de.n.wa.shi.ta.n.de.su.ga.

不好意思，因為有事想請教，所以我打了這通電話。

Ⓑ はい。どのようなご用件（ようけん）でしょうか？

ha.i./do.no.yo.u.na./go.yo.u.ke.n./de.sho.u.ka.

好的，請問有什麼問題呢？

會 話

Ⓐ あの…、ちょっとお伺（うかが）いしたいのですが。

a.no./cho.tto./o.u.ka.ga.i.shi.ta.i.no.de.su.ga.

呃…請問一下。

Ⓑ はい、なんでしょうか？

ha.i./na.n.de.sho.u.ka.

什麼事呢？

應用句

☞ 航空券（こうくうけん）の予約（よやく）をしたいんですが

ko.u.ku.u.ke.n.no./yo.ya.ku.o./shi.ta.i.n.de.su.ga.

我想訂機票。

☞ あの、花（はな）がほしいんですが。

a.no./ha.na.ga./ho.shi.n.de.su.ga.

不好意思，我想買花。

☞ すみません。これを日本（にほん）まで送（おく）りたいんですが。

su.mi.ma.se.n./ko.re.o./ni.ho.n.ma.de./o.ku.ri.ta.i.n.de.

• track 006

su.ga

不好意思，我想把這個寄到日本。

☞ すみません。台湾元を日本円に変えていただきたいんですが。

su.mi.ma.se.n./ta.i.wa.n.ge.n.o./ni.ho.n.e.n.ni./ka.e.te./i.ta.da.ki.ta.i.n.de.su.ga

不好意思，我想把台幣換成日圓。

☞ 両替したいのですが。

ryo.u.ga.e./shi.ta.i.no./de.su.ga.

我想換外幣。

☞ チェックインしたいのですが。

chi.kku.i.n./shi.ta.i.no./de.su.ga.

我想check-in。

☞ 一日早く出発したいんですが。

i.chi.ni.chi.ha.ya.ku./shu.ppa.tsu./shi.ta.i.n./de.su.ga.

我想提早一天出發。

☞ もう一泊したいのですが。

mo.u./i.ppa.ku./shi.ta.i.no./de.su.ga.

我想多住一晚。

☞ 同じ部屋に泊まりたいのですが。

o.na.ji./he.ya.ni./to.ma.ri.ta.i.no./de.su.ga.

我想住同一間房。

☞ 持ち帰りたいんですが。

mo.chi.ka.e.ri.ta.i.n.de.su.ga.

我想外帶（打包）。

☞ すみません、鏡を見たいのですが。

su.mi.ma.se.n./ka.ga.mi.o./mi.ta.i.no./de.su.ga.

不好意思，我想要照鏡子。（買衣服時）

☞ 市民センターに行きたいんですが。

shi.mi.n.se.n.ta.a.ni./i.ki.ta.i.n.de.su.ga.

我在找市民中心。／我想去市民中心。

☞ 十二日の火曜日から十四日の木曜日まで二泊したいんですが。

ju.u.ni.ni.chi.no./ka.yo.u.bi.ka.ra./ju.u.yo.kka.no./mo.ku.yo.u.bi.ma.de./ni.ha.ku.shi.ta.i.n.de.su.ga.

我想預約十二日星期二到十四日星期四，兩個晚上。

☞ 切符を買いたいんですが。

ki.ppu.o.ka.i.ta.i.n.de.su.ga.

我想要買車票。

☞ 住所を変更したいんですが、どうすればいいですか？

ju.u.sho.o./he.n.ko.u.shi.ta.i.n.de.su.ga./do.u.su.re.ba./i.i.de.su.ka.

我想要變更地址，請問該怎麼做呢？

●track 007

請求同意

ここに座(すわ)ってもいいですか？

ko.ko.ni./su.wa.tte.mo./i.i.de.su.ka.

我可以坐在這裡嗎？

說　明

請求對方的同意時，可以使用「…てもいいですか」的句型。

會　話

Ⓐここに座(すわ)ってもいいですか？

ko.ko.ni./su.wa.tte.mo./i.i.de.su.ka.

我可以坐在這裡嗎？

Ⓑはい、どうぞ。

ha.i./do.u.zo.

可以的，請。

會　話

Ⓐここに座(すわ)ってもいい？

ko.ko.ni./su.wa.tte.mo.i.i.

可以坐這裡嗎？

Ⓑすみません、ここはちょっと…。

su.mi.ma.se.n./ko.ko.wa./cho.tto.

對不起，不太方便。

應用句

☞ 試着(しちゃく)してもいいですか？

shi.cha.ku./shi.te.mo./i.i./de.su.ka.

我可以試穿嗎？

☞ 窓(まど)を閉(し)めてもいい？

ma.do.o./shi.me.te.mo./i.i.

我可以把窗戶關起來嗎？

☞ 電話(でんわ)借(か)りてもいい？

de.n.wa./ka.ri.te.mo.i.i.

我可以借用電話嗎？

☞ テレビを付(つ)けてもいい？

te.re.bi.o./tsu.ke.te.mo./i.i.

我可以開電視看嗎？

☞ ここで寝(ね)てもいい？

ko.ko.de./ne.te.mo./i.i.

我可以睡在這裡嗎？

☞ 手(て)をつないでもいい？

te.o./tsu.na.i.de.mo.i.i.

我可以牽你的手嗎？

☞ 話(はな)してもいいですか？

ha.na.shi.te.mo./i.i./de.su.ka.

我可以和你聊一下嗎？

☞ 入(はい)ってもいいですか？

ha.i.tte.mo./i.i.de.su.ka.

我可以進去嗎？

track 008

☞書かなくてもいいですか？
ka.ka.na.ku.te.mo./i.i.de.su.ka.
我可以不寫嗎？

☞仕事をお願いしてもいいですか？
shi.go.to.o./o.ne.ga.i.shi.te.mo./i.i.de.su.ka.
可以請你幫我做點工作嗎？

☞ドアを開けてもいい？暑いから。
do.a.o.a.ke.te.mo.i.i./a.tsu.i.ka.ra.
我可以把門打開嗎？好熱喔。

☞ちょっと見てもいい？
cho.tto.mi.te.mo.i.i.
可以看一下嗎？

☞タバコを吸ってもいいですか？
ta.ba.ko.o./su.tte.mo./i.i.de.su.ka.
可以吸菸嗎？

☞ここで降りてもいいですか？
ko.ko.de./o.ri.te.mo./i.i.de.su.ka.
可以在這裡下車嗎？

☞質問してもいいですか？
shi.tsu.mo.n./shi.te.mo./i.i.de.su.ka.
可以發問嗎？

推測

おいしそう。

o.i.shi.so.u.

看起來好好吃喔！

說 明

「～**そう**」就是「好像～」的意思。

會 話

Ⓐ このチェリー、おいしそう。

ko.no.che.ri.i./o.i.shi.so.u.

這櫻桃看起來好好吃！

Ⓑ 本当(ほんとう)だ、つるつる光(ひか)ってる。

ho.n.to.u.da./tsu.ru.tsu.ru./hi.ka.tte.ru.

真的耶，光滑又有光澤。

Ⓐ でもお値段(ねだん)はちょっと…。

de.mo./o.ne.da.n.wa./cho.tto.

可是價錢有點……。

會 話

Ⓐ わ、おいしいそう！いただきます。

wa./o.i.shi.so.u./u.ta.da.ki.ma.su.

哇，看起來好好吃。我開動囉！

● track 009

Ⓑ どうですか？

do.u./de.su.ka.

味道如何？

會 話

Ⓐ わあ、おいしそう！お父(とう)さんはまだ？

wa.a./o.i.shi.so.u./o.to.u.sa.n.wa./ma.da.

哇，看起來好好吃喔！爸爸他還沒回來嗎？

Ⓑ 今日(きょう)は遅(おそ)くなるって言(い)ったから、先(さき)に食(た)べてね。

kyo.u.wa./o.so.ku.na.ru.tte./i.tta.ka.ra./sa.ki.ni.ta.be.te.ne.

他說今天會晚一點，你先吃吧！

Ⓐ じゃあ、いただきます。

ja.a/i.ta.da.ki.ma.su.

太好了！開動了。

會 話

Ⓐ 見(み)て、駅前(えきまえ)からもらったチラシ。この店(みせ)、おいしそう。

mi.te./e.ki.ma.e.ka.ra./mo.ra.tta.chi.ra.shi./ko.no.mi.se./o.i.shi.so.u.

你看，這是我在車站前面拿到的傳單。這家店好像很不錯。

Ⓑ 本当(ほんとう)だ、今(いま)すぐ行(い)ってみたいね。お腹(なか)も空(す)いてきたし。

ho.n.to.u.da./i.ma.su.gu.i.tte.mi.ta.i.ne./o.na.ka.mo.su.i.te.ki.ta.shi.

真的耶，真想現在就去。剛好肚子餓了。

Ⓐこれから行って見ない？定食もあるそうよ。

ko.re.ka.ra.i.tte.mi.na.i./te.i.sho.ku.mo.a.ru.so.u.yo.

要不要現在去看看，好像也有套餐。

應用句

☞ 高そうです。

ta.ka.so.u.de.su.

好像很貴。／好像很高。

☞ 怖そう。

ko.wa.so.u.

好像很可怕。

☞ 難しそう。

mu.zu.ka.shi.so.u.

好像很難。

☞ お役に立てそうにもありません。

o.ya.ku.ni./ta.te.so.u.ni.mo./a.ri.ma.se.n.

看來一點用都沒有。

☞ このドラマは面白そうだ。

ko.no./do.ra.ma.wa./o.mo.sho.ro./so.u.da.

這部連續劇好像很有趣。

●track 010

☞ 彼はいつも寂しそうだ。

ka.re.wa./i.tsu.mo./sa.bi.shi.so.u.da.

他總是很寂寞的樣子。

☞ 明日は傘を持っていったほうが良さそうです。

a.shi.ta.wa./ka.sa.o./mo.tte./i.tta./ho.u.ga./yo.sa.so.u.de.su.

明天帶傘去的話應該比較好。

☞ 田中さんはお金がなさそうです。

ta.na.ka.sa.n.wa./o.ka.ne.ga./na.sa.so.u.de.su.

田中好像沒什麼錢。

☞ 彼は重そうな荷物を持っています。

ka.re.wa./o.mo.so.u.na./ni.mo.tsu.o./mo.tte./i.ma.su.

他拿著好像很重的行李。

☞ なんだか気分が悪そうに見えますが、大丈夫ですか？

na.n.da.ka./ki.bu.n.ga./wa.ru.so.u.ni./mi.e.ma.su.ga./da.i.jo.u.bu./de.su.ka.

你看起來好像不太舒服，還好嗎？

☞ 今日は熱くて死にそうだ。

kyo.u.wa./a.tsu.ku.te./shi.ni./so.u.da.

今天熱得要死。

問東西

これは何(なん)ですか？

ko.re.wa./na.n.de.su.ka.

這是什麼？

說　明

要向人請問眼前的東西是什麼時，就可以說「**これは何ですか**」如果是比較遠的東西可以說「**あれは何ですか**」。「**～は何ですか**」意同於「～是什麼？」，所以前面可以加上想問的東西或事情。

會　話

Ⓐ これは何(なん)ですか？

ko.re.wa./na.n.de.su.ka.

這是什麼？

Ⓑ これは醤油差(しょうゆざ)しです。

ko.re.wa./sho.u.yu.za.shi./de.su.

這是醬油罐。

會　話

Ⓐ これは何(なん)ですか？

ko.re.wa./na.n.de.su.ka.

這是什麼？

•track 011

Ⓑチェリーパイです。

che.ri.i.pa.i.de.su.

這是櫻桃派。

Ⓐじゃ。一(ひと)つください。

ja./hi.to.tsu.ku.da.sa.i.

這樣啊。請給我一份。

會　話

Ⓐ苦手(にがて)なものは何(なん)ですか？

ni.ga.te.na.mo.no.wa./na.n.de.su.ka.

你不喜歡什麼東西？

Ⓑ虫(むし)です。虫(むし)が嫌(きら)いです。

mu.shi.de.su./mu.shi.ga./ki.ra.i.de.su.

昆蟲。我討厭昆蟲。

會　話

Ⓐご趣味(しゅみ)は何(なん)ですか？

go.shu.mi.wa./na.n.de.su.ka.

您的興趣是什麼？

Ⓑ絵(え)を描(か)くのが好(す)きです。

e.o.ka.ku.no.ga.su.ki.de.su.

我喜歡畫畫。

會　話

Ⓐこれは何(なん)ですか？

ko.re.wa./na.n.de.su.ka.

這是什麼呢？

Ⓑ これは「豆花」と言います。大豆で作って豆腐みたいなデザートです。

ko.re.wa./to.u.fa.to.i.i.ma.su./da.i.zu.de./tsu.ku.tte.to.u.fu.mi.ta.i.na./de.za.a.to.de.su.

這叫作豆花。是用黃豆做成，像豆腐的點心。

應用句

☞ いらっしゃいませ、ご注文は何ですか？

i.ra.ssha.i.ma.se./go.chu.u.mo.n.wa./na.n.de.su.ka.

歡迎光臨，請要問點些什麼？

☞ お勧めは何ですか？

o.su.su.me.wa./na.n.de.su.ka.

你推薦什麼餐點？

☞ 一番人気があるのは何ですか？

i.chi.ba.n.ni.n.ki.ga.a.ru.no.wa./na.n.de.su.ka.

最受歡迎的是什麼呢？

☞ あれはなんだろう。

a.re.wa./na.n.da.ro.u.

那是什麼呢？（非正式說法）

●track 013~014

經驗

食(た)べたことがあります。

ta.be.ta./ko.to.ga./a.ri.ma.su.

曾經吃過。

說 明

動詞加上「**ことがあります**」，是表示有沒有做過某件事的經歷。問句是加上「**か**」，回答時，有的話就回答「**はい**」，沒有的話就說「**いいえ**」。

會 話

Ⓐ イタリア料理(りょうり)を食(た)べたことがありますか？

i.ta.ri.a.ryo.u.ri.o./ta.be.ta.ko.to.ga./a.ri.ma.su.ka.

你吃過義大利菜嗎？

Ⓑ いいえ、食(た)べたことがありません。

i.i.e./ta.be.ta.ko.to.ga./a.ri.ma.se.n.

沒有，我沒吃過。

應用句

☞ 見(み)たことがありますか？

mi.ta.ko.to.ga./a.ri.ma.su.ka.

看過嗎？

• track 014

☞行ったことがあります。

i.tta.ko.to.ga./a.ri.ma.su.

有去過。

☞聞いたことがあります。

ki.i.ta.ko.to.ga./a.ri.ma.su.

曾經聽過。

☞見たことがあります。

mi.ta.ko.to.ga./a.ri.ma.su.

曾經看過。

☞友だちと一緒に行ったことがあります。

to.cho.da.chi.to./i.ssho.ni./i.tta.ko.to.ga./a.ri.ma.su.

曾經和朋友一起去過。

☞日本に行ったことがありません。

ni.ho.n.ni./i.tta.ko.to.ga./a.ri.ma.se.n.

不曾去過日本。

☞この本を読んだ事があります。

ko.no.ho.n.o./yo.n.da.ko.to.ga./a.ri.ma.su.

有讀過這本書。

☞日本語でメールを書いた事がありますか?

ni.ho.n.go.de./me.e.ru.o./ka.i.ta.ko.to.ga./a.ri.ma.su.ka.

有用日文寫過mail嗎？

●track 015

問路

駅はどこですか？

e.ki.wa./do.ko.de.su.ka.

車站在哪裡呢？

說　明

「～はどこですか」是「～在哪裡？」之意。

會　話

Ⓐすみません、博多駅はどこですか？

su.mi.ma.se.n./ha.ka.ta.e.ki.wa./do.ko.de.su.ka.

不好意思，請問博多車站在哪裡呢？

Ⓑ博多駅ですか？

ha.ka.ta.e.ki.de.su.ka.

博多車站嗎？

Ⓐはい、どう行けばいいでしょうか？

ha.i./do.u.i.ke.ba./i.i./de.sho.u.ka.

是的，該怎麼去呢？

Ⓑ二つ目の信号を右に曲がってください。

fu.ta.tsu.me.no.shi.n.go.o./ni.gi.ni.ma.ga.tte.ku.da.i.

第二個紅綠燈處向右走。

會　話

Ⓐすみません。市役所はどこですか？

su.mi.ma.se.n./shi.ya.ku.sho.wa./do.ko.de.su.ka.
不好意思，請問市公所在哪裡？

Ⓑ わたし、ここの人(ひと)じゃないんです、すみません。
wa.ta.shi./ko.ko.no.hi.to./ja.na.i.n.de.su./su.mi.ma.se.n.
我不是當地的人，對不起。

應用句

☞ すみません、美術館(びじゅつかん)へ行(い)きたいのですが。
su.mi.ma.se.n./bi.ju.tsu.ka.n.e./i.ki.ta.i.no./de.su.ga.
不好意思，我想去美術館。（請問該怎麼走）

☞ すみません、東京(とうきょう)スカイツリーに行(い)きたいんですが、今(いま)のどの方向(ほうこう)ですか？
su.mi.ma.se.n./to.kyo.u./su.ka.i.tsu.ri.i.ni./i.ki.ta.i.n./de.su.ga./i.ma.no./do.no.ho.u.ko.u./de.su.ka.
不好意思，我想去東京天空樹，是在哪個方向呢？

☞ すみません、東京駅(とうきょうえき)にどう行(い)けばよろしいですか？
su.mi.ma.se.n./to.u.kyo.u.e.ki.ni./do.u.i.ke.ba./yo.ro.shi.i./de.su.ka.
不好意思，東京車站該怎麼去呢？

☞ すみませんが、美術館(びじゅつかん)まではどうやって行(い)きますか？
su.me.ma.se.n.ga./bi.ju.tsu.ka.n.ma.de.wa./do.u.ya.tte./i.ki.ma.su.ka.
不好意思，請問到美術館該怎麼走。

●track 016

☞すみません が、東横インはどこですか？

su.mi.ma.se.n.ga./to.u.yo.ko.i.n.wa./do.ko.de.su.ka.

請問，東橫飯店在哪裡？

☞すみませんが、図書館ってどの辺にありますか？

su.mi.ma.se.n.ga./to.sho.ka.n.tte./do.no.he.n.ni./a.ri.ma.su.ka.

不好意思，請問圖書館在哪邊？

☞コンビニはどこにありますか？

ko.n.bi.ni.wa./do.ko.ni./a.ri.ma.su.ka.

便利商店在哪裡呢？

☞すみませんが、この辺にジュンク堂がありませんか？

su.mi.ma.se.n.ga./ko.ni.he.n.ni./ju.n.ku.do.u.ga./a.ri.ma.se.n.ka.

不好意思，請問這附近有淳久堂書店嗎？

☞図書館へはどうやって行けばいいでしょうか？

to.sho.ka.n.e.wa./do.u.ya.tte.i.ke.ba./i.i.de.sho.u.ka.

圖書館該怎麼去呢？

☞ここはどこですか？

ko.ko.wa./do.ko.de.su.ka.

這裡是哪裡？

☞どうやって行きますか？

do.u.ya.tte./i.ki.ma.su.ka.

怎麼走？

☞ 何(なん)で行(い)きますか？

na.n.de./i.ki.ma.su.ka.

該用什麼方式到達？

☞ どこですか？

do.ko.de.su.ka.

在哪裡呢？

☞ どこ？

do.ko.

哪裡？（非正式說法）

☞ こっちですか？

ko.cchi.de.su.ka.

是這裡嗎？

☞ 今(いま)どこにいますか？

de./i.ma.do.ko.ni.i.ma.su.ka.

現在在哪？

☞ あれっ？ここはどこ？

a.re./ko.ko.wa.do.ko.

咦？這裡是哪裡？

●track 017

用餐禮儀

いただきます。
i.ta.da.ki.ma.su.
我開動了。

說　明

日本人用餐前，都會說「**いただきます**」，有時即使是只有自己一個人用餐的時候也會說，以表現對食物的感激和對料理人的感謝。而用完餐後會對主人或店家說「**ごちそうさま**」或是「**おいしかった**」。

會　話

Ⓐいただきます。わあ！このトンカツ、うまい！
i.ta.da.ki.ma.su./wa.a./ko.no.to.n.ka.tsu./u.ma.i.
開動了！哇，這炸豬排好好吃！

Ⓑありがとう。
a.ri.ga.to.u.
謝謝。

會　話

Ⓐわ、おいしいそう！いただきます。
wa./o.i.shi.so.u./i.ta.da.ki.ma.su.
哇，看起來好好吃。開動囉！

Ⓐ このドーナッツ、なかなかいける。

ko.no.do.o.na.ttsu./na.ka.na.ka.i.ke.ru.

這甜甜圈，真是好吃。

Ⓑ この店（みせ）、アメリカでは大人気（だいにんき）の名店（めいてん）なんだって。

ko.no.me.se./a.me.ri.ka.de.wa./da.i.ni.n.ki.no.me.i.te.n.na.n.da.tte.

這家店，在美國也是超人氣的名店喔！

Ⓐ 道理（どうり）で！さすが本場（ほんば）の味（あじ）は違（ちが）うね。

do.o.ri.de./sa.su.ga.ho.n.ba.no.a.ji.wa./chi.ga.u.ne.

難怪！正統的口味就是不一樣。

Ⓑ はっ、もう食（た）べられない。ごちそうさま。

ha./mo.u.ta.be.ra.re.na.i./go.chi.so.u.sa.ma.

啊，再也吃不下了。我吃飽了。

會 話

Ⓐ いただきます。

i.ta.da.ki.ma.su.

開動了。

Ⓑ いただきます。

i.ta.da.ki.ma.su.

開動了。

Ⓐ これ、おいしいですね。

ko.re./o.i.shi.i./de.su.ne.

這個好好吃喔。

• track 017~018

Ⓑ そうですね。ここのパスタは一番(いちばん)ですよ。

so.u.de.su.ne./ko.ko.no./pa.su.ta.wa./i.chi.ba.n.de.su.yo.

對啊，這裡的義大利麵最好吃了。

會 話

Ⓐ いただきます。

i.ta.da.ki.ma.su.

開動了。

Ⓑ お味(あじ)はどうですか？

o.a.ji.wa./do.u.de.su.ka.

味道怎麼樣呢？

Ⓐ からっ！

ka.ra.

好辣喔！

應用句

☞ お先(さき)にいただきます。

o.sa.ki.ni./i.ta.da.ki.ma.su.

我先開動了。

☞ いい匂(にお)いがする！いただきます。

i.i.ni.o.i.ga./su.ru./i.ta.da.ki.ma.su.

聞起來好香喔！我要開動了。

☞ もう結構(けっこう)です。十分(じゅうぶん)いただきました。

mo.u.ke.kko.u.de.su./ju.u.bu.n.i.ta.da.ki.ma.shi.ta.

不用了，我已經吃很多了。

•track 018

☞ ごちそうになりました。

go.chi.so.u.ni./na.ri.ma.shi.ta.

我吃飽了。

☞ ごちそうさまでした。

go.chi.so.u.sa.ma.de.shi.ta.

我吃飽了。

☞ おいしかったです。

o.i.shi.ka.tta.de.su.

真好吃。

☞ お腹一杯(なかいっぱい)です。

o.na.ka./i.ppa.i.de.su.

我很飽了。

☞ 冷(さ)めちゃうから、先(さき)に食(た)べていいよ。

sa.me.cha.u.ka.ra./sa.ki.ni./ta.be.te./i.i.yo.

飯菜要冷了，你先吃吧。

☞ 先(さき)に食(た)べていいよ。

sa.ki.ni./ta.be.te./i.i.yo.

你先吃吧。

● track 019

道歉或致意

すみません。

su.mi.ma.se.n.

對不起。／謝謝。

說　明

「すみません」也可說成「すいません」，這句話可說是日語會話中最常用、也最好用的一句話。無論是在表達歉意、向人開口攀談、甚至是表達謝意時，都可以用「すみません」一句話來表達自己的心意。用日語溝通時經常使用此句，絕對不會失禮。

道歉的時候，除了說「すみません」，較不正式的說法也可以說「ごめんなさい」，若是正式場合對客戶或是尊長時，則是要說「申し訳ありません」。

會　話

Ⓐ 音楽(おんがく)の音(おと)がうるさいです。静(しず)かにしてください。

o.n.ga.ku.no.o.to.ga./u.ru.sa.i.de.su./shi.zu.ka.ni.shi.te./ku.da.sa.i.

音樂聲實在是太吵了，請小聲一點。

Ⓑあ、すみません。

a./su.me.ma.se.n.

對不起。

會 話

Ⓐいや、お待(ま)たせ。

i.ya./o.ma.ta.se.

久等了。

Ⓑえっ？

e.

什麼？

Ⓐあっ、人違(ひとちが)いでした。すみません。

a./hi.to.chi.ga.i.de.shi.ta./su.mi.ma.se.n.

啊，我認錯人了，對不起。

會 話

Ⓐあのう…、ここは禁煙(きんえん)です。

a.no.u./ko.ko.wa.ki.n.e.n.de.su.

呃，這裡禁菸。

Ⓑあっ、すみません。

a./su.mi.ma.se.n.

啊，對不起。

會 話

Ⓐすみません、今渋滞(いまじゅうたい)にはまってしまって

•track 019~020

身動きできませんが。

su.mi.ma.se.n./i.ma.ju.u.ta.i.ni.ha.ma.tte.shi.ma.tte./
mi.u.go.ki./de.ki.ma.se.n.ga.

對不起，我遇到塞車被困住了。

Ⓑ また遅刻？今月三回目だよ。

ma.ta.chi.ko.ku./ko.n.ge.tsu./sa.n.ka.i.me.da.yo.

又遲到？這個月已經第三次了。

會話

Ⓐ 困ったなあ。

ko.ma.tta.na.a.

這讓我很困擾啊！

Ⓑ すみません。すべてはわたしのせいです。

su.mi.ma.se.n./su.be.te.wa./wa.ta.shi.no.se.i.de.su.

對不起，都是我的錯。

應用句

☞ 名前を間違えちゃって。ごめんね。

na.ma.e.o./ma.chi.ga.e.cha.tte./go.me.n.ne.

弄錯你的名字，對不起。

☞ ごめんなさい。

go.me.n.na.sa.i.

對不起。（非正式說法）

☞ 約束を守らなくてごめんなさい。

ya.ku.so.ku.o./ma.mo.ra.na.ku.te./go.me.n.na.sa.i.

不能遵守約定，真對不起。

☞ みんなさんに申し訳ない。

mi.n.na.sa.n.ni./mo.u.shi.wa.ke.na.i.

對大家感到抱歉。

☞ 申し訳ありませんが、明日は出席できません。

mo.shi.wa.ke.a.ri.ma.se.n./a.shi.ta.wa./shu.sse.ki.de.ki.ma.se.n.

真是抱歉，我明天不能參加。

☞ 遅くてすみません。

o.so.ku.te./su.mi.ma.se.n.

不好意思，我遲到了。

☞ 失礼します。

shi.tsu.re.i.shi.ma.su.

不好意思。

☞ 許してください。

yu.ru.shi.te./ku.da.sa.i.

請原諒我。

☞ すみませんでした。

su.mi.ma.se.n.de.shi.ta.

真是抱歉。

☞ 申し訳ありません。

mo.u.shi.wa.ke./a.ri.ma.se.n.

深感抱歉。

☞ 申し訳ございません。

mo.u.shi.wa.ke./go.za.i.ma.se.n.

深感抱歉。（比上句更禮貌）

•track 021

感謝

ありがとう。

a.ri.ga.to.u.

謝謝。

說 明

向人道謝時，若對方比自己地位高，可以用「**ありがとうございます**」。而一般的朋友或是後輩，則是說「**ありがとう**」即可。

會 話

Ⓐ 顔色(かおいろ)が悪(わる)いです。大丈夫(だいじょうぶ)ですか？

ka.o.i.ro.ga./wa.ru.i.de.su./da.i.jo.u.bu.de.su.ka.

你的氣色不太好，還好嗎？

Ⓑ ええ、大丈夫(だいじょうぶ)です。ありがとう。

e.e./da.i.jo.u.bu.de.su./a.ri.ga.to.u.

嗯，我很好，謝謝關心。

會 話

Ⓐ お誕生日(たんじょうび)おめでとう！

o.ta.n.jo.u.bi./o.me.de.to.u.

生日快樂！

Ⓑ ありがとう。

a.ri.ga.to.u.

謝謝你。

會 話

Ⓐ これ、手作(てづく)りのマフラーです。気(き)に入(い)っていただけたらうれしいです。

ko.re./te.du.ku.ri.no./ma.fu.ra.a.de.su./ki.ni.i.tte.i.ta.da.ke.ta.ra./u.re.shi.i.de.su.

這是我自己做的圍巾。如果你喜歡的話就好。

Ⓑ ありがとう。暖(あたた)かそう。

a.ri.ga.to.u./a.ta.ta.ka.so.u.

謝謝。好像很保暖。

會 話

Ⓐ これ、あげるわ。

ko.re./a.ge.ru.wa.

這給你。

Ⓑ わあ、ありがとう。

wa.a./a.ri.ga.to.u.

哇，謝謝。

會 話

Ⓐ 何(なに)があってもわたしはあなたの味方(みかた)よ。

na.ni.ga.a.tte.mo./wa.ta.shi.wa./a.na.ta.no.mi.ka.ta.yo.

不管發生什麼事，我都站在你這邊。

Ⓑ ありがとう！心(こころ)が強(つよ)くなった。

a.ri.ga.to.u./ko.ko.ro.ga./tsu.yo.ku.na.tta.

謝謝你，我覺得更有勇氣了。

● track 021

會 話

Ⓐ楽しい時間をすごせました。ありがとうございました。

ta.no.shi.i.ji.ka.n.o./su.go.se.ma.shi.ta./a.ri.ga.to.u./go.za.i.ma.su.

我渡過了很開心的時間，謝謝。

Ⓑまた遊びに来てくださいね。

ma.ta./a.so.bi.ni.ki.te./ku.da.sa.i.ne.

下次再來玩吧！

會 話

Ⓐこれ、つまらない物ですが。

ko.re./tsu.ma.ra.na.i.mo.no.de.su.ga.

這個給你，一點小意思。

Ⓑどうもわざわざありがとう。

do.u.mo./wa.za.wa.sa.a.ri.ga.to.u.

謝謝你的用心。

會 話

Ⓐ花田さん、先日は結構なものをいただきまして、本当にありがとうございます。

ha.na.da.sa.n./se.n.ji.tsu.wa./ke.kkou.na.mo.no.o./i.ta.da.ki.ma.shi.te./ho.n.to.u.ni.a.ri.ga.to.u./go.za.i.ma.su.

花田先生，前些日子收了您的大禮，真是謝謝你。

Ⓑいいえ、大(たい)したものでもありません。

i.i.e./ta.i.shi.ta.mo.no.de.mo./a.ri.ma.se.n.

哪兒的話，又不是什麼貴重的東西。

會 話

Ⓐいろいろお世話(せわ)になりました。ありがとうございます。

i.ro.i.ro./o.se.wa.ni.na.ri.ma.shi.ta./a.ri.ga.to.u./go.za.i.ma.su.

受到你很多照顧，真的很感謝你。

Ⓑいいえ、こちらこそ。

i.i.e./ko.chi.ra.ko.so.

哪兒的話，彼此彼此。

會 話

Ⓐお忙(いそが)しいところ、本当(ほんとう)にありがとうございました。

o.i.so.ga.shi.i.to.ko.ro./ho.n.to.u.ni./a.ri.ga.to.u./go.za.i.ma.shi.ta.

百忙之中真是太謝謝你了。

Ⓑいいえ、何(なに)か分(わ)からないことがあったら、いつでも聞(き)いてください。

i.i.e./na.ni.ka./wa.ka.ra.na.i.ko.to.ga./a.tta.ra./i.tsu.de.mo./ki.i.te.ku.da.sa.i.

不客氣，如果還有什麼不懂的，隨時可以問我。

•track 021~022

會 話

Ⓐ 田中先輩は明日卒業ですね。今まで色々お世話になりましてありがとうございます。

ta.na.ka.se.n.pa.i.wa./a.shi.ta./so.tsu.gyo.u./de.su.ne./i.ma.ma.de./i.ro.i.ro./o.se.wa.ni./na.ri.ma.shi.te./a.ri.ga.to.u./go.za.i.ma.su.

田中學長你明天就要畢業了，謝謝你至今的照顧。

Ⓑ いいえ、こちらこそ。王くんが日本に来たばかりだと思っていたのに、半年なんて短いですね。日本語も流 暢に話せることができました。

i.i.e./ko.chi.ra.ko.so./o.u.ku.n.ga./ni.ho.n.ni./ki.ta.ba.ka.ri.da.to./o.mo.tte.i.ta.no.ni./ha.n.to.shi./na.n.te./mi.ji.ka.ji.de.su.ne./ni.ho.n.go.mo./ryu.u.cho.u.ni./ha.na.se.ru./ko.to.ga./de.ki.ma.shi.ta.

彼此彼此。還覺得小王你才剛來日本而已，半年真的過得好快啊。你也能流暢地說日文了。

Ⓐ 田中先輩のおかげです。本当にありがとう。

ta.na.ka.se.n.pa.i.no./o.ka.ge.de.su./ho.n.to.u.ni./a.ri.ga.to.u.

多虧田中學長的幫忙。真的很感謝你。

應用句

☞ 手伝ってくれてありがとう。

te.tsu.da.tte.ku.re.te./a.ri.ga.to.u.

謝謝你的幫忙。

☞ ありがとうございます。

a.ri.ga.to.u./go.za.i.ma.su.

謝謝。（較禮貌）

☞ 先日(せんじつ)はどうもありがとうございました。

se.n.ji.tsu.wa./do.u.mo.a.ri.ga.to.u./go.za.i.ma.shi.ta.

前些日子謝謝你的照顧。

☞ どうもわざわざありがとう。

do.u.mo./wa.za.wa.za.a.ri.ga.to.u.

真是太麻煩（謝謝）你了。

☞ 感謝(かんしゃ)いたします。

ka.n.sha.i.ta.shi.ma.su.

誠心感謝。

☞ どうも失礼(しつれい)いたしました。

do.u.mo./shi.tsu.re.i.i.ta.shi.ma.shi.ta.

真不好意思麻煩你。

☞ すみませんでした。

su.mi.ma.se.n.de.shi.ta.

麻煩你了。（謝謝）

☞ どうもご親切(しんせつ)に。

do.u.mo./go.shi.n.se.tsu.ni.

謝謝你的關心。

☞ この間(あいだ)はどうも。

ko.no.a.i.da.wa./do.u.mo.

上次謝謝你了。

• track 022

☞ 感謝(かんしゃ)しています。

ka.n.sha.shi.te.i.ma.su.

很感謝你。

☞ いろいろお世話(せわ)になりました。

i.ro.i.ro./o.se.wa.ni.na.ri.ma.shi.ta.

承蒙您的照顧。

☞ おかげさまで。

o.ka.ge.sa.ma.de.

託您的福。

☞ わざわざすみません。

wa.za.wa.za./su.mi.ma.se.n.

讓您費心了。

☞ 気(き)を使(つか)わせてしまって。

ki.o.tsu.ka.wa.se.te./shi.ma.tte.

讓您費心了。

☞ ありがたいことです。

a.ri.ga.ta.i.ko.to.de.su.

太感謝了。

☞ 助(たす)かります。

ta.su.ka.ri.ma.su.

你救了我。

☞ 恐(おそ)れ入(い)ります。

o.so.ri.i.ri.ma.su.

由衷感謝。／真不好意思。

track 023

回應對方致謝

どういたしまして。

do.u./i.ta.shi.ma.shi.te.

不客氣。

說 明

幫助別人之後，當對方道謝時，要表示自己只是舉手之勞，就用「**どういたしまして**」來表示這只是小事一樁。也可以說「**いいえ**」。

會 話

Ⓐ 杉浦（すぎうら）さん、先日（せんじつ）はお世話（せわ）になりました。大変助（たいへんたす）かりました。

su.gi.mu.ra.sa.n./se.n.ji.tsu.wa./o.se.wa.ni.na.ri.ma.shi.ta./ta.i.he.n.ta.su.ka.ri.ma.shi.ta.

杉浦先生，前些日子受你照顧了。真是幫了我大忙。

Ⓑ いいえ、どういたしまして。

i.i.e./do.u.i.ta.sh.ma.shi.te.

不，別客氣。

會 話

Ⓐ 昨日（きのう）は失礼（しつれい）しました。

ki.no.u.wa./shi.tsu.re.i.shi.ma.shi.ta.

昨天真謝謝你。

• track 023~024

Ⓑいいえ、どういたしまして。

i.i.e./do.u.i.ta.sh.ma.shi.te.

別客氣。

會 話

Ⓐ重(おも)い荷物(にもつ)を持(も)っていただき、どうもありがとうございました。

o.mo.i./ni.mo.tsu.o./mo.tte./i.ta.da.ki./do.u.mo./a.ri.ga.to.u./go.za.i.ma.shi.ta.

謝謝你幫我拿這麼重的行李。

Ⓑいいえ、どういたしまして。

i.i.e./do.u.i.ta.sh.ma.shi.te.

不客氣。

會 話

Ⓐあっ、すみません。

a./su.mi.ma.se.n.

唉呀，謝謝。（接受對方幫助時）

Ⓑいいえ、どういたしまして。

i.i.e./do.u.i.ta.sh.ma.shi.te.

不客氣。

應用句

☞いいんですよ。

i.i.n.de.su.yo.

不用客氣。

• track 024

☞ いいえ。

i.i.e.

沒什麼。

☞ こちらこそ。

ko.chi.ra.ko.so.

彼此彼此。

☞ こちらこそお世話になります。

ko.chi.ra.ko.so./o.se.wa.ni.na.ri.ma.su.

我才是受你照顧了。

☞ そんなに気を遣わないでください。

so.n.na.ni./ki.o.tsu.ka.wa.na.i.de./ku.da.sa.i.

不必那麼客氣。

☞ 光栄です。

ko.u.e.i.de.su.

這是我的榮幸。

☞ また機会があったら是非。

ma.ta./ki.ka.i.ga.a.tta.ra./ze.hi.

還有機會的話希望還能合作。

☞ ほんのついでだよ。

ho.n.no.tsu.i.de.da.yo.

只是順便。

☞ 大したことじゃない。

ta.i.shi.ta.ko.to.ja.na.i.

沒什麼大不了的。

• track 024

☞大(たい)したものでもありません。

ta.i.shi.ta.mo.no./de.mo.a.ri.ma.se.n.

不是什麼高級的東西。

☞それはよかったです。

so.re.wa./yo.ka.tta.de.su.

那真是太好了。

☞喜(よろこ)んでいただけて、光栄(こうえい)です。

yo.ro.ko.n.de./i.ta.da.ke.te./ko.u.e.i.de.su.

您能感到高興，我也覺得很光榮。

☞ほかに何(なに)か分(わ)からないことがあったら、なんでも聞(き)いてください。

ho.ka.ni./na.ni.ka./wa.ka.ra.na.i./ko.to.ga./a.tta.ra./na.n.de.mo./ki.i.te./ku.da.sa.i.

還有什麼問題的話，都可以來問我喔。

• track 025

表示同意

> **そうですね。**
> so.u.de.su.ne.
> 就是說啊。

說　明

當對方問問題時，自己覺得正是如此時，會回答「**そうです**」；而當對方陳述意見，自己也覺得認同的時候，則說「**そうですね**」。

會　話

Ⓐ 試合(しあい)は来週(らいしゅう)ですね。

shi.a.i.wa./ra.i.shu.u.de.su.ne.

下星期就要比賽了對吧。

Ⓑ ええ、そうですね。今(いま)から緊張(きんちょう)しています。

e.e./so.u.de.su.ne./i.ma.ka.ra.ki.n.cho.u.shi.te.i.ma.su.

嗯，是啊。現在就覺得緊張了。

會　話

Ⓐ ワインもよいですが、やはり和食(わしょく)と日本酒(にほんしゅ)の相性(あいしょう)は抜群(ばつぐん)です。

wa.i.n.mo.yo.i.de.su.ga./ya.ha.ri./wa.sho.ku.to.ni.ho.n.shu.no./a.i.sho.u.wa./ba.tsu.gu.n.de.su.

配紅酒也不錯，但是日本料理果然還是要配上日本酒才能相得益彰。

•track 025

Ⓑそうですね。

so.u.de.su.ne.

就是說啊。

會 話

Ⓐ今日(きょう)は暑(あつ)いですね。

kyo.u.wa./a.tsu.i.de.su.ne.

今天好熱喔。

Ⓑそうですね。まだ4月(がつ)なのに。

so.u.de.su.ne./ma.da./shi.ga.tsu.na.no.ni.

就是說啊，明明才4月。

會 話

Ⓐいい映画(えいが)ですね。

i.i.e.i.ga.de.su.ne.

真是一部好電影呢！

Ⓑそうですね。最後(さいご)のシーンに感動(かんどう)しました。

so.u.de.su.ne./sa.i.go.no.shi.i.n.ni./ka.n.do.u.shi.ma.shi.ta.

對啊，最後一幕真是令人感動。

會 話

Ⓐこの曲(きょく)、泣(な)けますね。

ko.no.kyo.ku./na.ke.ma.su.ne.

這首歌好感人喔。

Ⓑ そうですね。

so.u.de.su.ne.

對啊。

會 話

Ⓐ 今日(きょう)はいい天気(てんき)ですね。

kyo.u.wa./i.i.te.n.ki.de.su.ne.

今天天氣真好呢！

Ⓑ そうですね。暖(あたた)かくて春(はる)みたいです。

so.u.de.su.ne./a.ta.ta.ka.ku.te./ha.ru.mi.ta.i.de.su.

對啊，暖呼呼的就像春天一樣。

會 話

Ⓐ 皆(みな)で一緒(いっしょ)に考(かんが)えたほうがいいよ。

mi.na.de.i.ssho.ni./ka.n.ga.e.ta.ho.u.ga./i.i.yo.

大家一起想會比較好喔！

Ⓑ それもそうだね。

so.re.mo.so.u.da.ne.

說得也對。

應用句

☞ それもそうですね。

so.re.mo.so.u.de.su.ne.

說得也對。

☞ それもそうかもなあ。

so.re.mo.so.u.ka.mo.na.a.

也許你說得對。

● track 026

☞おっしゃるとおりです。

o.ssha.ru.to.o.ri.de.su.

您說的是。

☞賛成(さんせい)です。

sa.n.se.i.de.su.

我完全同意你所說的。

☞私(わたし)もそう思(おも)います。

wa.ta.shi.mo./so.u.o.mo.i.ma.su.

我也有同感。

☞もちろんです。

mo.chi.ro.n.de.su.

毫無疑問。

☞なるほど。

na.ru.ho.do.

原來如此。

☞そうとも言(い)えます。

so.u.to.mo.i.e.ma.su.

也可以這麼說。

☞まったくです。

ma.tta.ku.de.su.

的確如此。

☞確(たし)かに。

ta.shi.ka.ni.

確實如此。

• track 026

☞ はい。

ha.i.

好。

☞ いいね。

i.i.ne.

不錯唷！

☞ いいじゃん。

i.i.ja.n.

還不賴耶！

☞ 問題(もんだい)ないです。

mo.n.da.i.na.i.de.su.

沒問題。

☞ ですよね。

de.su.yo.ne.

就是說啊！

☞ そりゃそうだ。

so.rya.so.u.da.

那是當然的。（男性用語）

●track 027~028

質疑

そうかな？
so.u.ka.na.
是這樣嗎？

說明

想表達自己的意見和對方不同的時候，可以用「**そうかな**」或「本当**にそうかな**」來表示「是這樣嗎？」，說明自己並不覺得對方的意見是正確的。

會話

Ⓐいい映画(えいが)だね。
i.i.e.i.ga.da.ne.
真是一部好電影呢！

Ⓑそうかな？ちょっとつまらないと思うけど。
so.u.ka.na./cho.tto./tsu.ma.ra.na.i.to./o.mo.u.ke.do.
是嗎？我覺得有點無聊。

應用句

☞本当(ほんとう)にそうかな？
ho.n.to.u.ni./so.u.ka.na.
真的是這樣嗎？

☞ さあ。

sa.a.

我不這麼認為。／我不知道。

☞ そうではありません。

so.u.de.wa./a.ri.ma.se.n.

不是這樣的。

☞ どうかな。

do.u.ka.na.

是這樣嗎？

☞ ちょっと違(ちが)うなあ。

cho.tto.chi.ga.u.na.a.

我不這麼認為。

☞ 賛成(さんせい)しかねます。

sa.n.se.i.shi.ka.ne.ma.su.

我無法苟同。

☞ 賛成(さんせい)できません。

sa.n.se.i.de.ki.ma.se.n.

我不贊成。

☞ 反対(はんたい)です。

ha.n.ta.i.de.su.

我反對。

☞ 言(い)いたいことは分(わ)かりますが…。

i.i.ta.i.ko.to.wa./wa.ka.ri.ma.su.ga.

雖然我懂你想表達的，但……。

• track 028

☞ 他(はか)になんかありますか？

ho.ka.ni./na.n.ka.a.ri.ma.su.ka.

還有其他的（說法）嗎？

☞ いいとは言(い)えません。

i.i.to.wa./i.e.ma.se.n.

我無法認同。

☞ そうじゃないです。

so.u.ja.na.i.de.su.

不是這樣的。

☞ どうだろうなあ。

do.u.da.ro.u.na.a.

是這樣嗎？

拒絕（1）

ちょっと…
cho.tto.
不太方便。

說 明

在日語表現中，如果要拒絕對方，通常不會很直接的說「**だめ！**」。而是會用其他委婉的表現方式來拒絕，像「**ちょっと**」就是常用的句子。如果聽到對方說「**ちょっと**」，或是用其他的理由來搪塞，就該了解對方的拒絕之意，知難而退。

會 話

Ⓐ 一緒(いっしょ)に映画(えいが)を見(み)に行(い)きましょうか？
i.ssho.ni.e.i.ga.o./mi.ni.i.ki.ma.sho.u.ka.
今天要不要一起去看電影？

Ⓑ すみません、今日(きょう)はちょっと…。
su.mi.ma.se.n./kyo.u.wa.cho.tto.
對不起，今天有點不方便。

會 話

Ⓐ ね、一緒(いっしょ)に遊(あそ)ぼうよ。
ne./i.ssho.ni./a.so.bo.u.yo.
一起玩吧！

● track 029~030

Ⓑ ごめん、今(いま)はちょっと、あとでいい？
go.me.n./i.ma.wa.cho.tto./a.to.de.i.i.
對不起，現在正忙，等一下好嗎？

會 話

Ⓐ せっかくだから、ご飯(はん)でも行(い)かない？
se.kka.ku.da.ka.ra./go.ha.n.de.mo.i.ka.na.i.
難得見面，要不要一起去吃飯？

Ⓑ ごめん、ちょっと用(よう)があるんだ。
go.me.n./sho.tto.yo.u.ga.a.ru.n.da.
對不起，我還有點事。

應用句

☞ それはちょっと…。
so.re.wa.cho.tto.
這有點……。

☞ ごめん、ちょっと…。
go.me.n./cho.tto.
對不起，有點不方便。

☞ 手(て)が離(はな)せません。
te.ga./ha.na.se.ma.se.n.
現在無法抽身。

☞ あいにく…。
a.i.ni.ku.
不巧……。

• track 030

☞ 今日はちょっと…。

kyo.u.wa./cho.tto.

今天不方便。

☞ 遠慮しておきます。

e.n.ryo.shi.te.o.ki.ma.su.

容我拒絕。

☞ 遠慮させていただきます。

e.n.ryo.sa.se.te./i.ta.da.ki.ma.su.

請容我拒絕。

☞ 残念ですが。

za.n.ne.n.de.su.ga.

可惜我不能去。

☞ また今度。

ma.ta.ko.n.do.

下次吧。

☞ 勘弁してください。

ka.n.be.n.shi.te.ku.da.sa.i.

饒了我吧。

☞ 今取り込んでいますので…。

i.ma./to.ri.ko.n.de.i.ma.su.no.de.

現在正巧很忙。

☞ それは…。

so.re.wa.

這……。

●track 030

☞すみません。

su.mi.ma.se.n.

對不起。

☞次の機会にね。

tsu.gi.no.ki.ka.i.ni.ne.

下次吧。

☞だめだよ。

da.me.da.yo.

不行啦。（非正式說法）

☞用事があります。

yo.u.ji.ga./a.ri.ma.su.

我剛好有事。

☞悪いんですけど…。

wa.ru.i.n.de.su.ke.do.

真不好意思……。

☞お断りします。

o.ko.to.wa.ri.shi.ma.su.

容我拒絕。

track 031

拒絕（2）

けっこう
結構です。

ke.kko.u.de.su.

不必了。／不需要。

說 明

「結構です」的意思是「不用了」、「不需要」，用於對方詢問是否需要什麼，而回答者並不想要的時候。「**いいです**」也可以用在同樣的情況，這時候的「**いいです**」就不是表同意，而是表示「已經夠了，不用了」的意思。

會 話

Ⓐ もう一杯（いっぱい）コーヒーをいかがですか？

mo.u./i.ppa.i.ko.o.hi.i.o./i.ka.ga.de.su.ka.

再來一杯咖啡如何？

Ⓑ 結構（けっこう）です。

ke.kko.u.de.su.

不用了。

會 話

Ⓐ よかったら、もう少（すこ）し頼（たの）みませんか？

yo.ka.tta.ra./mo.u.su.ko.shi./ta.no.mi.ma.se.n.ka.

如果想要的話，要不要再多點一點菜呢？

•track 031

Ⓑ もう結構(けっこう)です。十分(じゅうぶん)いただきました。

mo.u.ke.kko.u.de.su./ju.u.bu.n.i.ta.da.ki.ma.shi.ta.

不用了，我已經吃很多了。

會 話

Ⓐ 駅(えき)まで送(おく)りましょうか？

e.ki.ma.de.o.ku.ri.ma.sho.u.ka.

我送你到車站吧！

Ⓑ あっ、結構(けっこう)です。近(ちか)いですから。

a./ke.kko.u.de.su./chi.ka.i./de.su.ka.ra.

距離很近，不必麻煩了。

會 話

Ⓐ お車(くるま)を呼(よ)びましょうか？

o.ku.ru.ma.o./yo.bi.ma.sho.u.ka.

需要幫你叫車嗎？

Ⓑ いいえ、結構(けっこう)です。歩(ある)いて帰(かえ)りますから。

i.i.e./ke.kko.u.de.su./a.ru.i.te./ka.e.ri.ma.su.ka.ra.

不用了。我走路回去。

會 話

Ⓐ コーヒーの砂糖(さとう)は結構(けっこう)です。フレッシュだけお願(ねが)いします。

ko.o.hi.i.no./sa.to.u.wa./ke.kko.u.de.su./fu.re.sshu./da.ke./o.ne.ga.i./shi.ma.su.

咖啡不用糖，只要給我奶精就好了。

Ⓑ かしこまりました。

ka.shi.ko.ma.ri.ma.shi.ta.

好的。

應用句

☞ お釣(つ)りは結構(けっこう)です。

o.tsu.ri.wa./ke.kko.u.de.su.

不用找了。

☞ いいです。

i.i.de.su.

不用了。

☞ せっかくですが結構(けっこう)です。

se.kka.ku.de.su.ga./ke.kko.u.de.su.

謝謝你特地邀約，但不用了。

☞ お気持(きも)ちだけ頂戴(ちょうだい)いたします。

o.ki.mo.chi.da.ke./cho.u.da.i./i.ta.shi.ma.su.

好意我心領了。

☞ もういいです。

mo.u.i.i.de.su.

不必了。

☞ 今間(いまま)に合(あ)っています。

i.ma.ma.ni.a.tte.i.ma.su.

我已經有了。(不用了)

●track 033

表示遺憾

残念(ざんねん)です。
za.n.ne.n./de.su.
真是可惜。

說　明

「残念ですね。」是「真可惜」的意思，用來安慰對方或表示遺憾。

會　話

Ⓐ 橋本(はしもと)さんは二次会(にじかい)に来(こ)ないそうだ。
ha.shi.ma.mo.sa.n.wa./ni.ji.ka.i.ni./ko.na.i.so.u.da.
橋本先生好像不來續攤了。

Ⓑ そう？それは残念(ざんねん)。
so./so.re.wa.za.n.ne.n.
是嗎？那真可惜。

會　話

Ⓐ これから飲(の)み会(かい)に行(い)くけど、一緒(いっしょ)に行(い)かない？
ko.re.ka.ra./no.mi.ka.i.ni.i.ku.ke.do./i.ssho.ni.i.ka.na.i.
我正要去聚會，要不要一起來？

Ⓑ 誘(さそ)ってくれてありがとう。せっかくだけど、遠慮(えんりょ)しておくよ。

sa.so.tte.ku.re.te./a.ri.ga.to.u./se.kka.ku.da.ke.do./e.n.ryo.shi.te.o.ku.yo.

謝謝你邀請我，雖然很難得，還是容我拒絕。

Ⓐ みんな行(い)くから、行(い)こうよ。

mi.n.na.i.ku.ka.ra./i.ko.u.yo.

大家都會去耶，一起來嘛。

Ⓑ ごめん、今日(きょう)仕事(しごと)があって手(て)が離(はな)せないんだ。

go.me.n./kyo.u./shi.go.to.ga.a.tte./te.ga.ha.na.se.na.i.n.da.

對不起，因為今天工作很多抽不開身。

Ⓐ そっか、それは残念(ざんねん)だね。

so.kka./so.re.wa./za.n.ne.n.da.ne.

是嗎？那真可惜。

會 話

Ⓐ 先生(せんせい)がほかの学校(がっこう)に異動(いどう)されるなんて、残念(ざんねん)です。

se.n.se.i.ga./ho.ka.no.ga.kko.ni./i.do.u.sa.re.ru.na.n.ka./za.n.ne.n.de.su.

老師要調去別的學校真是太可惜了。

Ⓑ 寂(さび)しいけど、仕方(しかた)ないね。

sa.bi.shi.i.ke.do./shi.ka.ta.na.i.ne.

雖然我也覺得很寂寞，但這也沒辦法。

●track 034

應用句

☞残念だったね。

za.n.ne.n.da.tta.ne.

真是可惜啊！

☞いい結果が出なくて残念だ。

i.i.ke.kka.ga.de.na.ku.te./za.n.ne.n.da.

可惜沒有好的結果。

☞残念ながら彼に会う機会がなかった。

za.n.ne.n.na.ga.ra./ka.re.ni.a.u.ki.ka.i.ga./na.ka.tta.

可惜和沒機會和他碰面。

☞お気の毒です。

o.ki.no.do.ku.de.su.

真遺憾。

☞仕方がないね。

shi.ga.na.i.ne.

真無奈。

☞期待していたんだよ。

ki.ta.i./shi.te.i.ta.n./da.yo.

我本來很期待的。（但結果不如預期）

☞期待したのに。

ki.ta.i.shi.ta./no.ni.

虧我那麼期待。

☞仕方ないね。

shi.ka.ta./na.i.ne.

這也是莫可奈何的事。

☞ しょうがないね。

sho.u.ga./na.i.ne.

這也是沒辦法的。

☞ 世の中、思った通りに行かないね。

yo.no.na.ka./o.mo.tta./to.o.ri.ni./i.ka.na.i.ne.

世上不如意的事十之八九。

☞ 心外です。

shi.n.ga.i.de.su.

出乎意料。／結果真是讓我失望。

☞ 残念ながら、出席できません。

za.n.ne.n./na.ga.ra./shu.sse.ki./de.ki.ma.se.n.

很遺憾，無法出席。

（「残念ながら」為慣用用法，意「為雖然很可惜，但是…」）

☞ お別れするのは誠に残念です。

o.wa.ka.re.su.ru.no.wa./ma.ko.to.ni./za.n.ne.n./de.su.

可惜我們要分別了。

☞ 試合に負けて残念だ。

shi.a.i.ni./ma.ke.te./za.n.ne.n.da.

可惜輸了比賽。

track 035

稱讚（1）

良く出来ました。
yo.ku./de.ki.ma.shi.ta.
做得很好。

說明

「良く出来ました」這句話帶有點上對下的誇獎、稱讚之意。

會話

Ⓐ良く出来ましたね。
yo.ku.de.ki.ma.shi.ta.ne.
你做得很好。

Ⓑありがとう。
a.ri.ga.to.u.
謝謝。

會話

Ⓐやっと一位を手に入れました。
ya.tto./i.chi.i.o./te.ni.i.re.ma.shi.ta.
我終於拿到第一名了。

Ⓑ凄い、よくできたね。
su.go.i./yo.ku.de.ki.ta.ne.
真棒，你做得好。

會 話

Ⓐ 答(こた)えは3番(ばん)です。

ko.ta.e.wa./sa.n.ba.n.de.su.

答案是第3選項。

Ⓑ 良(よ)く出来(でき)ました、正解(せいかい)です。

yo.ku.de.ki.ma.shi.ta./se.i.ka.i.de.su.

很好，答對了。

應用句

☞ よくやったよ。

yo.ku.ya.tta.yo.

做得很好。

☞ やったなあ。

ya.tta.na.a.

做得很好。

☞ よくできたね。

yo.ku.de.ki.ta.ne.

做得很好。

☞ 素晴(すば)らしい出来(でき)ですね。

su.ba.ra.shi.i./de.ki.de.su.ne.

很棒的成果。／做得很好。

☞ こんな感(かん)じでやって。

ko.n.na./ka.n.ji.de./ya.tte.

就照這樣做。

●track 036

☞やるじゃん。

ya.ru.ja.n.

你辦得到嘛。

☞完璧（かんぺき）です。

ka.n.pe.ki./de.su.

完美。

☞任（まか）せて正解（せいかい）だった。

ma.ka.se.te./se.i.ka.i.da.tta.

交給你是對的。

☞すごいね。

su.go.i.ne.

真厲害！

☞すごいね、お母（かあ）さん助（たす）かったよ。

su.go.i.ne./o.ka.a.sa.n./ta.su.ka.tta.yo.

謝謝你，幫了媽媽好大的忙。

● track 037

稱讚（2）

凄（すご）い！

su.go.i.

真厲害！／真棒！

說明

「凄い」是用來表示對眼前人、事、物的稱讚、讚嘆。

會話

Ⓐ この本棚（ほんだな）、自分（じぶん）で作（つく）ったんだ。

ko.no.ho.n.da.na./ji.bu.n.de.tsu.ku.tta.n.da.

這書架，是我自己做的喔！

Ⓑ わあ、すごい！

wa.a./su.go.i.

哇，真厲害。

會話

Ⓐ この小説（しょうせつ）は凄（すご）いですね。

ko.no.sho.u.se.tsu.wa./su.go.i.de.su.ne.

這本小說很棒耶。

Ⓑ そうですね。今年（ことし）のベストセラーだそうです。

so.u.de.su.ne./ko.to.shi.no./be.su.to.se.ra.a./da.so.u.de.su.

對啊，聽說是今年最暢銷的書。

• track 037

會 話

Ⓐ 彼女(かのじょ)はまた学級委員(がっきゅういいん)に選(えら)ばれた。

ka.no.jo.wa./ma.ta./ga.kkyu.u.i.i.n.ni./e.ra.ba.re.ta.

她又被選為班長了。

Ⓑ すごいね。

su.go.i.

真厲害！

會 話

Ⓐ こちらは新型(しんがた)の一眼(いちがん)レフです。

ko.chi.ra.wa./shi.n.ga.ta.no./i.chi.ga.n.re.fu./de.su.

這是新型的單眼相機。

Ⓑ 凄(すご)い、軽(かる)くて持(も)ちやすい。

su.go.i./ka.ru.ku.te./mo.chi.ya.su.i.

好棒喔，很輕很好拿。

會 話

Ⓐ この十年間(じゅうねんかん)、毎日運動(まいにちうんどう)しています。

ko.no.ju.u.ne.n.ka.n./ma.i.ni.chi./u.n.do.u.shi.te.i.ma.su.

這十年來，我每天都持續運動。

Ⓑ 凄(すご)いですね。

su.go.i.de.su.ne.

真是了不起。

應用句

☞ かっこいい！

ka.kko.i.i.

真帥。／真棒。

☞ うまい！

u.ma.i.

真好吃。／真厲害。

☞ おしゃれだね。

o.sha.re.da.ne.

很時尚。

☞ 中国語（ちゅうごくご）がお上手（じょうず）ですね。

chu.u.go.ku.go.ga./o.jo.u.zu./de.su.ne.

中文說得真好。

☞ 可愛（かわい）いですね。

ka.wa.i.i.de.su.ne.

真可愛。

☞ 最高（さいこう）！

sa.i.ko.u.

太棒了。

☞ 綺麗（きれい）ですね。

ki.re.i.de.su.ne.

真漂亮。

☞ 素敵（すてき）！

su.te.ki.

太棒了。／真好看。

●track 038

☞ 言う事なし。

i.u.ko.to.na.shi.

佩服得五體投地。／無可挑剔。

☞ 鋭いですね。

su.ru.de.i.do.su.ne.

感覺很敏銳。

☞ えらいです。

e.ra.i.de.su.

真了不起。

☞ さすが。

sa.su.ga.

真不愧是。

☞ すばらしい。

su.ba.ra.shi.i.

真厲害。

☞ 凄いなあ。

su.go.i.na.a.

太厲害了。

• track 039

緊張期待

どきどきする。

do.ki.do.ki.su.ru.

很緊張。

說　明

「どきどきする」是表示興奮、緊張的心情。

會　話

Ⓐ今回（こんかい）のオーディションももうすぐ結果（けっか）が出（で）るんですよね。

ko.n.ka.i.no./o.o.di.sho.n.mo./mo.u.su.gu./ke.kka.ga./de.ru.n./de.su.yo.ne.

這次試鏡結果快出爐了。

Ⓑそうですね。心臓（しんぞう）がどきどきしています。

so.u.de.su.ne./shi.n.zo.u.ga./do.ki.do.ki./shi.te.i.ma.su.

對啊，好緊張喔。

會　話

Ⓐ手紙（てがみ）の中（なか）に何（なん）て書（か）いてある？

te.ga.mi.no./na.ka.ni./na.n.te./ka.i.te.a.ru.

信裡寫了些什麼？

Ⓑ待（ま）っててね、胸（むね）がどきどきして手紙（てがみ）を開（あ）けることもできなかった。

●track 039~040

ma.tte.te.ne./mu.ne.ga./do.ki.do.ki.shi.te./te.ga.mi.o./a.ke.ru.ko.to.mo./de.ki.na.ka.tta.

等等，我太緊張了還沒辦法打開來看。

會話

Ⓐ 面接（めんせつ）うまくいくだろうね。

me.n.se.tsu./u.ma.ku./i.ku.da.ro.u.ne.

面試不知道能不能順利。

Ⓑ 私（わたし）も心配（しんぱい）で胸（むね）がどきどきする。

wa.ta.shi.mo./shi.n.pa.i.de./mu.ne.ga./do.ki.do.ki./su.ru.

我也因為擔心所以十分緊張。

應用句

☞ わくわく。

wa.ku.wa.ku.

興奮期待。

☞ うきうき。

u.ki.u.ki.

喜不自勝。

☞ いそいそ。

i.so.i.so.

因期待而欣喜。

• track 041

出發

> 行(い)ってきます。
> i.tte.ki.ma.su.
> 我出門了。／我出發了。

說　明

在出家門前，或是公司的同事要出門處理公務時，都會說「行ってきます」，告知自己要出門了。另外參加表演或比賽時，上場前也會說這句話。

會　話

Ⓐ 行(い)ってきます。

i.tte.ki.ma.su.

我出門囉！

Ⓑ 行(い)ってらっしゃい。車(くるま)に気(き)をつけてね。

i.tte.ra.sha.i./ku.ru.ma.ni./ki.o.tsu.ke.te.ne.

慢走，小心車子喔。

會　話

Ⓐ 行(い)ってきます。

i.tte.ki.ma.su.

我出門了。

Ⓑ あっ、待(ま)ってください。

a./ma.tte.ku.da.sa.i.

啊，等一下。

• track 041

會 話

Ⓐじゃ、行ってきます。

ja./i.tte.ki.ma.su.

那麼，我要出門了。

Ⓑ行ってらっしゃい、鍵を忘れないでね。

i.tte.ra.ssha.i./ka.gi.o.wa.su.re.na.i.de.ne.

慢走。別忘了帶鑰匙喔！

會 話

Ⓐお客さんのところに行ってきます。

o.kya.ku.sa.no.no./to.ko.ro.ni./i.tte.ki.ma.su.

我去拜訪客戶了。

Ⓑ行ってらっしゃい。頑張ってね。

i.tte.ra.ssha.i./ga.n.ba.tte.ne.

請慢走。加油喔！

會 話

Ⓐそろそろ時間です。じゃ、行ってきます。

so.ro.so.ro.ji.ka.n.de.su./ja./i.tte.ki.ma.su.

時間差不多了，我要出發了。

Ⓑ行ってらっしゃい。

i.tte.ra.ssha.i.

請慢走。

應用句

☞ 行って参ります
i.tte.ma.i.ri.ma.su.
我出發了。（較禮貌）

☞ お先に失礼します。
o.sa.ki.ni./shi.tsu.re.i.shi.ma.su.
我先走一步。

☞ さようなら。
sa.yo.u.na.ra.
再見。

☞ また後で。
ma.ta.a.to.de.
待會見。

☞ じゃ、また。
ja.ma.ta.
再見。

☞ おはよう、行ってらっしゃい。
o.ha.yo.u./i.tte.ra.ssha.i.
早啊，請慢走。（遇到對方正要出門時）

☞ 気をつけて行ってらっしゃい。
ki.o.tsu.ke.te./i.tte.ra.ssha.i.
路上請小心慢走。

☞ 行ってらっしゃい。早く帰ってきてね。
i.tte.ra.ssha.i./ha.ya.ku.ka.e.te.ki.te.ne.
請慢走。早點回來喔！

•track 043

回來

ただいま。

ta.da.i.ma.

我回來了。

說　明

從外面回到家中或是公司時，會說這句話來告知大家自己回來了。另外，回到久違的地方，也可以說「ただいま」。聽到的「ただいま」則是用「お帰り」（歡迎回來）或是「お疲れ様」（辛苦了）來回應對方。

會　話

Ⓐただいま。

ta.da.i.ma.

我回來了。

Ⓑお帰(かえ)り。手(て)を洗(あら)って、うがいして。

o.ka.e.ri./te.o.a.ra.tte./u.ga.i.shi.te.

歡迎回來。快去洗手、漱口。

會　話

Ⓐただいま。

ta.da.i.ma.

我回來了。

Ⓑお帰(かえ)りなさい、今日(きょう)はどうだった？
o.ka.e.ri.na.sa.i./kyo.u.wa.do.u.da.tta.
歡迎回來。今天過得如何？

會話

Ⓐただいま。
ta.da.i.ma.
我回來了。

Ⓑお帰(かえ)り。今日(きょう)は遅(おそ)かったね。何(なに)かあったの？
o.ka.e.ri./kyo.u.wa.o.so.ka.tta.ne./na.ni.ka.a.tta.no.
歡迎回來。今天可真晚，發生什麼事嗎？

會話

Ⓐただいま戻(もど)りました。
ta.da.i.ma.mo.do.ri.ma.shi.ta.
我回來了。（回到公司）

Ⓑおっ、田中(たなか)さん、お疲(つか)れ様(さま)でした。
o.ta.na.ka.sa.n./o.tsu.ka.re.sa.ma.de.shi.ta.
喔，田中先生，你辛苦了。

會話

Ⓐただいま。
ta.da.i.ma.
我回來了。

●track 043

Ⓑお帰(かえ)り、今日(きょう)のご飯はすき焼(や)きだよ。

o.ka.e.ri./kyo.u.no.go.ha.n.wa./su.ki.ya.ki.da.yo.

歡迎回家。今天吃壽喜燒喔！

會話

Ⓐただいま。

ta.da.i.ma.

我回來了。

Ⓑおかえり。今日(きょう)はどうだった？

o.ka.e.ri./kyo.u.wa./do.u.da.tta.

歡迎回家。今天過得如何？

Ⓐテストで満点(まんてん)を取(と)ったよ！

te.su.to.de.ma.n.de.n.o.to.tta.yo.

我考試拿了滿分喔！

Ⓑあらっ、素晴(すば)らしい！よくできたね。

a.ra./su.ba.ra.shi.i./yo.ku.de.ki.ta.ne.

哇，真棒！做得很好。

會話

Ⓐただ今戻(いまもど)りました。

ta.da.i.ma./mo.do.ri.ma.shi.ta.

我回來了。（回到公司）

Ⓑああ、お帰(かえ)りなさい。どうでした、福岡(ふくおか)は。

a.a./o.ka.e.ri.na.sa.i./do.u.de.shi.ta./fu.ku.o.ka.wa.

喔，歡迎回來。福岡怎麼樣？

Ⓐ ええ、なかなかいい勉強(べんきょう)になりました。

e.e./na.ka.na.ka./i.i.be.n.kyo.u.ni./na.ri.ma.shi.ta.

嗯，學到了不少東西。

應用句

☞ ただ今(いま)戻(もど)りました。

ta.da.i.ma./mo.do.ri.ma.shi.ta.

我回來了。（回到公司）

☞ お母(かあ)さん、お帰(かえ)りなさい。

o.ka.a.sa.n./o.ka.e.ri.na.sa.i.

媽媽，歡迎回家。

☞ 由紀君(ゆきくん)、お帰(かえ)り。テーブルにおやつがあるからね。

yu.ki.ku.n./o.ka.e.ri./te.e.bu.ru.ni./o.ya.tsu.ga.a.ru.ka.ra.ne.

由紀，歡迎回來。桌上有點心喔！

● track 045

客氣說「請」

どうぞ。
do.u.so.
請。

說 明

這句話相當於中文中的「請」。用在請對方用餐、自由使用設備時，希望對方不要有任何顧慮，盡管去做。

會 話

Ⓐ コーヒーをどうぞ。
ko.o.hi.i.o.do.u.zo.
請喝咖啡。

Ⓑ ありがとうございます。
a.ri.ga.to.u./go.za.i.ma.su.
謝謝。

會 話

Ⓐ そこのお皿（さら）を取（と）ってください。
so.ko.no.o.sa.ra.o./to.tte.ku.da.sa.i.
可以幫我那邊那個盤子嗎？

Ⓑ はい、どうぞ。
ha.i./do.u.zo.
在這裡，請拿去用。

Ⓐどうも。

do.u.mo.

謝謝。

會 話

Ⓐつまらないものですが、どうぞ。

tsu.ma.ra.na.i.no.mo.de.su.ga./do.u.zo.

一點小意思，請笑納。

Ⓑありがとうございます。

a.ri.ga.to.u./go.za.i.ma.su.

謝謝你。

會 話

Ⓐ大変(たいへん)言(い)いにくいんですが。

ta.i.he.n./i.i.ni.ku.i.n.de.su.ga.

真難說出口。

Ⓑなんですか？どうぞおっしゃってください。

na.n.de.su.ka./do.u.zo.o.sha.tte.ku.da.sa.i.

什麼事？請說吧！

會 話

Ⓐあっ、山崎(やまさき)さん。どうぞお上(あ)がりください。どうしたんですか、突然(とつぜん)。

a./ya.ma.sa.ki.sa.n./do.u.zo./o.a.ga.ri.ku.da.sa.i./do.u.shi.ta.n.de.su.ka./to.tsu.ze.n.

山崎先生，請進來坐。有什麼事嗎？怎麼突然來了。

• track 045

Ⓑ ええ、ちょっとこの辺(へん)まで来(き)ましたので。

e.e./cho.tto.ko.no.he.n.ma.de./ki.ma.shi.ta.no.de.

嗯，因為剛好到這附近來。

會 話

Ⓐ 辞書(じしょ)をちょっと見(み)せてもらえませんか？

ji.sho.o./cho.tto.mi.se.te./mo.ra.e.ma.se.n.ka.

字典可以借我看看嗎？

Ⓑ はい、どうぞ。

ha.i./do.u.zo.

好的，請。

會 話

Ⓐ いらっしゃい、どうぞお上(あ)がりください。

i.ra.ssha.i./do.u.zo.u./o.a.ga.ri.ku.da.sa.i.

歡迎，請進來坐。

Ⓑ 失礼(しつれい)します。

shi.tsu.re.i.shi.ma.su.

打擾了。

會 話

Ⓐ これお借(か)りしていいですか？

ko.re./o.ka.ri.shi.te./i.i.de.su.ka.

請問我可以借這個嗎？

Ⓑ どうぞ。

do.u.zo.

可以，請。

會 話

Ⓐ 明日(あした)お伺(うかが)いしましょうか？

a.shi.ta./o.u.ka.ga.i./shi.ma.sho.u.ka.

明天去拜訪您可以嗎？

Ⓑ はい、どうぞ。

ha.i./do.u.zo.u.

好的。

應用句

☞ どうぞお先(さき)に。

do.u.zo./o.sa.ki.ni.

您先請。

☞ はい、どうぞ。

ha.i./do.u.zo.

好的，請。

☞ お疲(つか)れ様(さま)。お茶(ちゃ)でもどうぞ。

o.tsu.ka.re.sa.ma./o.cha.de.mo.do.u.zo.

辛苦了。請喝點茶。

☞ 次(つぎ)の方(かた)、どうぞ。

tsu.gi.no.ka.ta./do.u.zo.

下一位請進。

•track 046

☞ 粗茶(そちゃ)ですが、どうぞ。

so.cha.de.su.ga./do.u.zo.

請用茶。

☞ どうぞこちらへ。

do.u.zo./ko.chi.ra.e.

請往這邊走。

☞ どうぞご覧(らん)ください。

do.u.zo./go.ra.n.ku.da.sa.i.

請盡情挑選參觀。（店員常用）

☞ つまらないものですが、どうぞ召(め)し上(あ)がってください。

tsu.ma.ra.na.i./mo.no.de.su.ga./do.u.zo./me.shi.a.ga.tte./ku.da.sa.i.

一點小意思，請品嚐。

日常問候

おはようございます。
o.ha.yo.u./go.za.i.ma.su.
早安。

說　明

在早上遇到人時都可以用「おはようございます」來打招呼，較熟的朋友可以只說「おはよう」。另外在職場上，當天第一次見面時，就算不是早上，也可以說「おはようございます」。

會　話

Ⓐ 伊藤(いとう)さん、おはようございます。
i.to.u.sa.n./o.ha.yo.u.go.za.i.ma.su.
伊藤先生，早安。

Ⓑ おはようございます。今日(きょう)はどちらへ？
o.ha.yo.u.go.za.i.ma.su./kyo.u.wa./do.chi.ra.e.
早安，今天要去哪裡呢？

會　話

Ⓐ 課長(かちょう)、おはようございます。
ka.cho.u./o.ha.yo.u./go.za.i.ma.su.
課長，早安。

• track 047

Ⓑ おはよう。今日(きょう)も暑(あつ)いね。

o.ha.yo.u./kyo.u.mo./a.tsu.i.ne.

早安。今天也很熱呢！

會 話

Ⓐ 鈴木(すずき)さん、おはようございます。

su.zu.ki.sa.n./o.ha.yo.u./go.za.i.ma.su.

早安，鈴木太太。

Ⓑ あらっ、田中(たなか)さん、おはようございます。

a.ra./ta.na.ka.sa.n./o.ha.yo.u./go.za.i.ma.su.

喔，早安，田中太太。

Ⓐ 今日(きょう)はいい天気(てんき)ですね。

kyo.u.wa./i.i.te.n.ki.de.su.ne.

今天天氣真好。

Ⓑ そうですね。涼(すず)しくて気持(きも)ちがいいです。

so.u.de.su.ne./su.zu.shi.ku.te./ki.mo.chi.ga./i.i.de.su.

是啊，涼爽的天氣真是舒服。

會 話

Ⓐ おはようございます。小泉(こいずみ)ソフトでございます。

o.ha.yo.u./go.za.i.ma.su./ko.i.zu.mi.so.fu.to./de.go.za.i.ma.su.

早安，這裡是小泉軟體公司。

Ⓑ 渡辺商社の金田ですが、営業部の高橋さんをお願いします。
wa.ta.na.be.sho.u.sha.no./ka.ne.ta.de.su.ga./e.i.gyo.u.bu.no./ta.ka.ha.shi.sa.n.o./o.ne.ga.i.shi.ma.su.
我是渡邊商社的金田，請幫我接業務部的高橋先生。

會 話

Ⓐ おはようございます。
o.ha.yo.u./go.za.i.ma.su.
早安。

Ⓑ あら、太郎くん、おはよう。
a.ra./ta.ro.u.ku.n./o.ha.yo.u.
啊，太郎，早安啊。

Ⓐ お出かけですか？
o.de.ka.ke.de.su.ka.
要出門嗎？

Ⓑ ええ、太郎くん今日もお仕事？
e.e./ta.ro.u.ku.n./kyo.u.mo.o.shi.go.to.
是啊，太郎你今天也要工作嗎？

Ⓐ はい、休日出勤です。
ha.i./kyu.u.ji.tsu.shu.kki.n.de.su.
對啊，假日上班。

Ⓑ 日曜日なのに大変ね。
ni.chi.yo.u.bi.na.no.ni./ta.i.he.n.ne.
星期日還要上班，真辛苦。

• track 047~048

Ⓐいいえ、そんなことありません。

i.i.e./so.n.na.ko.to./a.ri.ma.se.n.

不會啦，沒這回事。

應用句

☞やあ、こんにちは。

ya.a./ko.n.ni.chi.wa.

嘿，你好。

☞お元気ですか？

o.ge.n.ki.de.su.ka.

近來好嗎？

☞こんばんは。

ko.n.ba.n.wa.

晚上好。

☞おやすみなさい。

o.ya.su.ma.na.sa.i.

晚安。

☞お久しぶりです。

o.hi.sa.shi.bu.ri.de.su.

好久不見。

☞ご無沙汰しております。

go.bu.sa.ta./shi.te./o.ri.ma.su.

好久不見。（正式說法）

不知所措

どうしよう？

do.u.shi.yo.u.

怎麼辦？

說　明

「**どうしよう**」可以用在問別人怎麼辦，也可以是對自己講，通常是用在遇到困難，不知如何是好的情況。

會　話

Ⓐ どうしよう。もうすぐ本番（ほんばん）だ。

do.u.shi.yo.u./mo.u.su.gu./ho.n.ba.n.da.

怎麼辦，馬上就要上式上場了。

Ⓑ びびるなよ。自信（じしん）を持（も）って！

bi.bi.ru.na.yo./ji.shi.n.o.mo.tte.

別害怕，要有自信。

會　話

Ⓐ どうしよう、わたし、ぜんぜんやる気（き）になれないなあ。

do.u.shi.yo.u./wa.ta.shi./ze.n.ze.n./ya.ru.ki.ni.na.re.na.i.na.a.

怎麼辦，我都還不想寫耶。

•track 049

Ⓑ おいおい、そんな訳(わけ)ないでしょう。明日(あした)はレポートの提出日(ていしゅつび)だろう。

o.i.o.i./so.n.na.wa.ke.na.i.de.sho.u./a.shi.ta.wa./re.po.o.to.no./te.i.shu.tsu.bi.da.ro.u.

喂喂，不可以這樣吧！明天就要交了！

會　話

Ⓐ このぶどう、おいしそう。

ko.no.bu.do.u./o.i.shi.so.u.

這葡萄看起來好好吃！

Ⓑ 本当(ほんとう)だ。

ho.n.to.u.da.

真的耶。

Ⓐ でもお値段(ねだん)はちょっと…。

de.mo./o.ne.da.n.wa./cho.tto.

可是價錢有點……。

Ⓑ あっ、高(たか)い！どうしよう？

a./ta.ka.i./do.u.shi.yo.u.

哇！好貴！怎麼辦？

Ⓐ うん…、奮発(ふんぱつ)して買(か)おうか？

u.n./fu.n.pa.tsu.shi.te./ka.o.u.ka.

嗯……。大手筆買下來吧！

應用句

☞ どうしましょうか？

do.u.shi.ma.sho.u.ka.

怎麼辦？

☞ どうすればいいですか？

do.u.su.re.ba./i.i.de.su.ka.

該怎麼辦？

☞ どうする？

do.u.su.ru.

該怎麼辦？

☞ どうしよう！飛行機(ひこうき)に乗(の)り遅(おく)れた。

do.u.shi.yo.u./hi.ko.u.ki.ni./no.ri.o.ku.re.ta.

怎麼辦，沒搭上飛機。

• track 051

邀約

飲(の)みに行(い)きましょうか？

no.mi.ni./i.ki.ma.sho.u.ka.

要不要去喝一杯？

說　明

「～ましょうか」具有邀請的意思，是問對方要不要一起做什麼事情。

會　話

Ⓐ 飲みに行(い)きましょうか？

no.mi.ni.i.ki.ma.sho.u.ka.

要不要去喝一杯？

Ⓑ いいですね。

i.i.de.su.ne.

好啊。

會　話

Ⓐ 今晩飲(こんばんの)みに行(い)きましょうか？

ko.n.ba.n./no.mi.ni.i.ki.ma.sho.u.ka.

今晚要不要去喝一杯？

Ⓑ すみません。今日(きょう)はちょっと…。今度時間(こんどじかん)があれば行(い)きます。

su.mi.ma.se.n./kyo.u.wa./cho.tto./ko.n.do./ji.ka.n.ga.a.re.ba./i.ki.ma.su.

對不起，今天有點事。下次有機會再去吧！

會 話

Ⓐ もうすぐ昼休(ひるやす)みですよ。お腹(なか)がすいてきましたね。

mo.u.su.gu.hi.ru.ya.su.mi.de.su.yo./o.na.ka.ga.su.i.te./ki.ma.shi.ta.ne.

馬上就到午休時間了，肚子好餓喔。

Ⓑ そうですね、そろそろお昼(ひる)にしましょうか？

so.u.de.su.ne./so.ro.so.ro.o.hi.ru.ni./shi.ma.sho.u.ka.

是啊，差不多該出去吃午餐了。

Ⓐ 田中(たなか)さん、何(なに)か食(た)べたいものはありますか？

ta.na.ka.sa.n./na.ni.ka.ta.be.ta.i.mo.no.wa./a.ri.ma.su.ka.

田中先生有想吃什麼嗎？

應用句

☞ ご伝言(でんごん)を承(うけたまわ)りましょうか？

go.de.n.go.n.o./u.ke.ta.ma.wa.ri.shi.ma.sho.u.ka.

你需要留言嗎？

☞ 伝言(でんごん)をお伝(つた)えしましょうか？

de.n.go.n.o./o.tsu.ta.e.shi.ma.sho.u.ka.

我能幫你留言嗎？

●track 052

☞よろしかったら、ご案内しましょうか？
yo.ro.shi.ka.tta.ra./go.a.n.na.i./shi.ma.sho.u.ka.
可以的話，讓我幫你介紹吧！

☞ご飯を食べに行きましょうか？
go.ha.n.o./ta.be.ni./i.ki.ma.sho.u.ka.
要不要去吃飯？

☞一緒に食事しましょうか？
i.ssho.ni./sho.ku.ji.shi.ma.sho.u.ka.
要不要一起吃飯？

☞空港までお迎えに行きましょうか？
ku.u.ko.u.ma.de./o.mu.ka.e.ni.i.ki.ma.sho.u.ka.
我到機場去接你吧！

☞割り勘で別々に払いましょうか？
wa.ri.ka.n.de./be.tsu.be.tsu.ni./ha.ra.i.ma.sho.u.ka.
各付各的好嗎？

☞そろそろ行きましょうか？
so.ro.so./ro.i.ki.ma.sho.u.ka.
我們該走了吧？

請求

お願いします

o.ne.ga.i.shi.ma.su.

拜託你。／麻煩你。

說明

有求於人的時候，再說出自己的需求之後，再加上一句「お願い」，就能表示自己真的很需要幫忙。

會話

Ⓐ 今日はよろしくお願いします。

kyo.u.wa./yo.ro.shi.ku./o.ne.ga.i.shi.ma.su.

今天也請多多指教。

Ⓑ こちらこそ、よろしく。

ko.chi.ra.ko.so./yo.ro.shi.ku.

彼此彼此，請多指教。

會話

Ⓐ 仕事をお願いしてもいいですか？

shi.go.to.o./o.ne.ga.i.shi.te.mo./i.i.de.su.ka.

可以請你幫我做點工作嗎？

Ⓑ 任せてください。

ma.ka.se.te./ku.da.sa.i.

交給我吧。

●track 053

會 話

Ⓐよろしかったら、ご案内(あんない)しましょうか？

yo.ro.shi.ka.tta.ra./go.a.n.na.i./shi.ma.sho.u.ka.

可以的話，讓我幫你介紹吧！

Ⓑいいですか？じゃ、お願(ねが)いします。

i.i.de.su.ka./ja./o.ne.ga.i.shi.ma.su.

這樣好嗎？那就麻煩你了。

會 話

Ⓐご迷惑(めいわく)をおかけして申(もう)し訳(わけ)ありませんでした。

go.me.i.wa.ku.o./o.ka.ke.shi.te./mo.u.shi.wa.ke.a.ri.ma.se.n.de.shi.ta.

造成您的困擾，真是深感抱歉。

Ⓑ今後(こんご)はしっかりお願(ねが)いしますよ。

ko.n.go.wa./shi.kka.ri.o.ne.ga.i.shi.ma.su.yo.

之後請你要多注意點啊！

會 話

Ⓐ手伝(てつだ)ってくれない？

te.tsu.da.tte.ku.re.na.i.

你可以幫我嗎？

Ⓑやだよ、自分(じぶん)で書(か)きなよ。

ya.da.yo./ji.bu.n.de.ka.ki.na.yo.

才不要咧，你自己寫啦。

• track 053~054

Ⓐ お願い！

o.ne.ga.i.

拜託啦。

應用句

☞ よろしくお願いします。

yo.ro.shi.ku./o.ne.ga.i.shi.ma.su.

還請多多照顧。

☞ お願いがあるんですが。

o.ne.ga.i.ga./a.ru.n.de.su.ga.

有些事要拜託你。

☞ お願いします。

o.ne.ga.i.shi.ma.su.

拜託。

☞ 頼むから

ta.no.mu.ka.ra.

拜託啦！

☞ お願いがあるんだけど。

o.ne.ga.i.ga./a.ru.n.da.ke.do.

有件事想請你幫忙。（對平輩或晚輩）

☞ 手を貸してくれる？

te.o.ka.shi.te.ku.re.ru.

可以幫我一下嗎？

☞ ～してもらえませんか？

shi.te.mo.ra.e.ma.se.n.ka.

可以幫我做…嗎？

•track 054

☞ よろしく頼(たの)む。

yo.ro.shi.ku./ta.no.mu.

拜託你了。

☞ ではこれでお願(ねが)いします。

de.wa./ko.re.de./o.ne.ga.i./shi.ma.su.

那就拜託你了。

☞ お会計(かいけい)お願(ねが)いします

o.ka.i.ke.i.o.ne.ga.i.shi.ma.su.

請幫我買單

track 055

了解

わかりました。

wa.ka.ri.ma.shi.ta.

我知道了。／了解。

說　明

表示了解、知道了，就用「**わかりました**」或是「**はい**」來表示。

會　話

Ⓐ 金曜日(きんようび)までに出(だ)してください。

ki.n.yo.u.bi.ma.de.ni./da.shi.te.ku.da.sa.i.

請在星期五之前交。

Ⓑ はい、わかりました。

ha.i./wa.ka.ri.ma.shi.ta.

好，我知道了。

會　話

Ⓐ このコート、クリーニングに出(だ)しておいてください。

ko.no./ko.o.to./ku.ri.i.ni.n.gu.ni./da.shi.te./o.i.te./ku.da.sa.i.

這件外套幫我送去乾洗。

• track 055~056

Ⓑ はい、わかりました。

ha.i./wa.ka.ri.ma.shi.ta.

好，知道了。

會話

Ⓐ 次回お越しになる際にこちらのポイントカードをお持ちくださいませ。

ji.ka.i./o.ko.shi.ni.na.ru./sa.i.ni./ko.chi.ra.no./po.i.n.to.
ka.a.do.o./o.mo.chi./ku.da.sa.i.ma.se.

下次來店的時候，請帶這張集點卡來。

Ⓑ わかりました。

wa.ka.ri.ma.shi.ta.

我知道了。

應用句

☞ かしこまりました。

ka.shi.ko.ma.ri.ma.shi.ta.

好的，沒問題。（對客人或長輩說）

☞ OKです。

o.k.de.su.

沒問題！

☞ 承知しました。

sho.u.chi./shi.ma.shi.ta.

好的。（對長輩說）

☞ どういうこと？

do.u.i.u.ko.to.

怎麼回事？

☞ なに？

na.ni.

什麼？

☞ どういう意味？

do.u.i.u.i.mi.

什麼意思？

☞ この部分(ぶぶん)、ちょっとわからないので、教(おし)えてください。

ko.no.bu.bu.n./cho.tto.wa.ka.ra.na.i.no.de./o.shi.e.te.ku.da.sa.i.

這部分我不太了解，可以請你告訴我嗎？

☞ ちょっとわかりづらい.

cho.tto.wa.ka.ri.zu.ra.i.

有點難懂。

☞ はあ？意味(いみ)がわからない！

ha.a./i.mi.ga./wa.ka.ra.na.i

什麼？我真搞不懂你耶！

● track 057

問單字

何と言いますか？
na.n.to.i.i.ma.su.ka.
怎麼說？

說　明

遇到不會講的單字，可以用這句話來問對方那個東西在日文中是怎麼講的。或是不知道某樣事物叫什麼，也可以這麼問。

會　話

Ⓐ ウィンドウは日本語で何と言いますか？
wi.n.do.u.wa./ni.ho.n.go.de./na.n.to.i.i.ma.su.ka.
窗戶的日文怎麼說？

Ⓑ まどです。
ma.do.de.su.
日文叫「まど」。

會　話

Ⓐ これ、日本語で何と言いますか？
ko.re./ni.ho.n.go.de./na.n.to./i.i.ma.su.ka.
這個日文怎麼講？

Ⓑ 朱肉です。
shu.ni.ku.de.su.
日文叫「印泥」（しゅにく）。

●track 057~058

會話

Ⓐこの鳥(とり)、名前(なまえ)はなんと言(い)いますか？

ko.no.to.ri./na.ma.e.wa./na.n.to./i.i.ma.su.ka.

這種鳥叫什麼名字？

Ⓑペリカンです。

pe.ri.ka.n./de.su.

這是鵜鶘。

會話

Ⓐゴルフをする人(ひと)のことをなんと言(い)いますか？

go.ru.fu.o./su.ru.hi.to.no./ko.to.o./na.n.to./i.i.ma.su.ka.

打高爾夫球的人叫什麼？

Ⓑゴルファーと言(い)います。

go.ru.fa.a./to.i.i.ma.su.

叫「ゴルファー」。（叫高爾夫球員）

應用句

☞英語(えいご)で何(なん)と言(い)いますか？

e.i.go.de./na.n.to.i.i.ma.su.ka.

用英文怎麼說。

☞何(なん)と言(い)うのか？

na.n.to.i.u.no.ka.

怎麼說？

• track 058

☞ なんと読(よ)みますか？

na.n.to./yo.mi.ma.su.ka.

要怎麼念？

☞ なんて言(い)いますか？

na.n.te./i.i.ma.su.ka.

怎麼說？

☞ なんて読(よ)みますか？

na.n.te./yo.mi.ma.su.ka.

怎麼念？

自我介紹

高橋拓哉(たかはしたくや)と申(もう)します。
ta.ka.ha.shi.ta.ku.ya./to.mo.u.shi.ma.su.
我叫高橋拓哉。

說 明

自我介紹時，用「～と申します」來講自己的名字，也可以說「～と言います」「～です」。

會 話

Ⓐ はい、橋本(はしもと)です。
ha.i./ha.shi.mo.to.de.su.
喂，這裡是橋本家。

Ⓑ 金田(かねだ)と申(もう)しますが、雪(ゆき)さんはいらっしゃいますか？
ka.ne.da.to./mo.u.shi.ma.su.ga./yu.ki.sa.n.wa./i.ra.ssha.i.ma.su.ka.
敝姓金田，請問小雪在嗎？

Ⓐ はい、少々(しょうしょう)お待ちください。
ha.i./sho.u.sho.u./o.ma.chi.ku.da.sa.i.
在，請稍等一下。

會 話

Ⓐ はじめまして、田中(たなか)と申(もう)します。

●track 059

ha.ji.me.ma.shi.te./ta.na.ka.to./mo.u.shi.ma.su.
啊，你好，初次見面，敝姓田中。

Ⓒ はじめまして、橋本(はしもと)と申(もう)します。
ha.ji.me.ma.shi.te./ha.shi.mo.to.to./mo.u.shi.ma.su.
你好，初次見面，敝姓橋本。

會 話

Ⓐ はじめまして、田中(たなか)と申(もう)します。
ha.ji.me.ma.shi.te./ta.na.ka.to./mo.u.shi.ma.su.
初次見面，敝姓田中。

Ⓑ はじめまして、山本(やまもと)と申(もう)します。どうぞよろしくお願(ねが)いします。
ha.ji.me.ma.shi.te./ya.ma.mo.to.to./mo.u.shi.ma.su./do.u.zo.u./yo.ro.shi.ku./o.ne.ga.i.shi.ma.su.
初次見面，敝姓山本，請多指教。

Ⓐ こちらこそ、よろしくお願(ねが)いします。
ko.chi.ra.ko.so./yo.ro.shi.ku./o.ne.ga.i.shi.ma.su.
我也是，請多多指教。

會 話

Ⓐ 木村(きむら)と申(もう)しますが、秀子(ひでこ)さんはいらっしゃいますか？
ki.mu.ra.to.mo.u.shi.ma.su.ga./hi.de.ko.sa.n.wa./i.ra.ssha.i.ma.su.ka.
敝姓木村，請問秀子小姐在嗎？

Ⓑ 秀子は今留守にしていますが…。

hi.de.ko.wa./i.ma.ru.su.ni.shi.te.i.ma.su.ga.

秀子現在不在家。

Ⓐ あ、そうですか？じゃ、伝言をお願いできますか？

a./so.u.de.su.ka./ja./de.n.go.n.o./o.ne.ga.i./de.ki.ma.su.ka.

是嗎，那麼可以請你幫我留言嗎？

會　話

Ⓐ お名前は？

o.na.ma.e.wa.

你叫什麼名字？

Ⓑ 山田次郎と申します。

ya.ma.da./ji.ro.u.to./mo.u.shi.ma.su.

我叫山田次郎。

會　話

Ⓐ 社長、新人の田中がまいりました。

sha.cho.u./shi.n.ji.n.no./ta.na.ka.ga./ma.i.ri.ma.shi.ta.

社長，這位是新員工田中。

Ⓑ はじめまして、田中次郎と申します。どうぞよろしくお願い致します。

ha.ji.me.ma.shi.te./ta.na.ka.ji.ro.u.to./mo.u.shi.ma.su./do.u.zo.yo.ro.shi.ku./o.ne.ga.i./i.ta.shi.ma.su.

初次見面，我叫田中次郎，請多指教。

●track 059~060

Ⓒ よろしく。じゃ、こっちに来(き)て、みんなにあいさつをしてください。

yo.ro.shi.ku./ja./ko.cchi.ni./ki.te./mi.n.na.ni./a.i.sa.tsu.o./shi.te./ku.da.sa.i.

你好。那就到這邊來，和大家打招呼。

應用句

☞ お名前(なまえ)は？

o.na.ma.e.wa.

你叫什麼名字？

☞ お名前(なまえ)は何(なん)ですか？

o.na.ma.e.wa./na.n.de.su.ka.

你叫什麼名字？

☞ お名前(なまえ)は何(なん)でしたっけ？

o.na.ma.e.wa./na.n.de.shi.ta.kke.

你叫什麼來著？（不用於正式場合）

☞ お名前(なまえ)は何(なん)とおっしゃいますか？

o.na.ma.e.wa./na.n.to./o.ssha.i.ma.su.ka.

請問貴姓？（較禮貌）

☞ 田中次郎(たなかじろう)と言(い)います。

ta.na.ka.ji.ro.u.to./i.i.ma.su.

我叫田中次郎。(較一般，對平輩、晚輩的說法)

☞ 田中次郎(たなかじろう)ですが、この前予約(まえよやく)していますが。

ta.na.ka.ji.ro.u.de.su.ga./ko.no.ma.e./yo.ya.ku./shi.te.i.ma.su.ga.

我叫田中次郎，之前有預約。

☞ 田中次郎です。

ta.na.ka.ji.ro.u.de.su.

我叫田中次郎。

☞ 私の名前は田中次郎です。

wa.ta.shi.no./na.ma.e.wa./ta.na.ka.ji.ro.u.de.su.

我叫田中次郎。

☞ はじめまして、田中次郎です。

ha.ji.me.ma.shi.te./ta.na.ka.ji.ro.u./de.su.

初次見面，我叫田中次郎。

☞ 田中次郎でございます。

ta.na.ka.ji.ro.u.de./go.za.i.ma.su.

我叫田中次郎。（較禮貌）

☞ 佐藤商事の田中と申します。いつもお世話になっております。

sa.to.u.sho.u.ji.no./ta.na.ka.to./mo.u.shi.ma.su./i.tsu.mo./o.se.wa.ni./na.tte.o.ri.ma.su.

我是佐藤商社的田中次郎，平常承蒙您的照顧。

• track 061

找人商量

ちょっといいですか？
cho.tto./i.i.de.su.ka.
你有空嗎？

說　明

有事要找人商量，或是有求於人，但又怕對方正在忙，會用「**ちょっといいですか**」先確定對方有沒有空傾聽。

會　話

Ⓐちょっといいですか？
cho.tto.i.i./de.su.ka.
你有空嗎？

Ⓑはい、何（なん）でしょうか？
ha.i./na.n.de.sho.u.ka.
有啊，有什麼事嗎？

會　話

Ⓐちょっといいですか？
cho.tto.i.i.de.su.ka.
在忙嗎？

Ⓑ何（なに）がありましたか？
na.ni.ga./a.ri.ma.shi.ta.ka.
怎麼了嗎？

●track 061

Ⓐ実(じつ)は相談(そうだん)したいことがあるんですが。

ji.tsu.wa./so.u.da.n.shi.ta.i.ko.to.ga./a.ru.n.de.su.ga.

我有點事想和你談談。

會 話

Ⓐお兄(にい)ちゃん、ちょっといい？

o.ni.i.cha.n./cho.tto.i.i.

哥，你有空嗎？

Ⓑうん、何(なに)？

u.n./na.ni.

嗯，什麼事？

Ⓐもう寝(ね)てた？ごめん、明日(あした)でいいよ。

mo.u.ne.te.ta./go.me.n./a.shi.ta.de.i.i.yo.

你已經睡了嗎？對不起，那明天再說好了。

會 話

Ⓐ関口(せきぐち)さん、ちょっといいですか？

se.ki.gu.chi.sa.n./cho.tto.i.i./de.su.ka.

關口先生，現在有空嗎？

Ⓑはい、何(なん)ですか？

ha.i./na.n.de.su.ka.

有的，有什事嗎？

Ⓐ実(じつ)は相談(そうだん)したいことがあるんですが。

ji.tsu.wa./so.u.da.n.shi.ta.i.ko.to.ga.a.ru.n.de.su.ga.

是這樣的，我有事要和你談一談。

• track 061~062

會 話

Ⓐ ちょっといい？

cho.tto.i.i.

你有空嗎？

Ⓑ うん、何(なに)が？

u.n./na.ni.ga.

當然。有事嗎？

Ⓐ この原稿(げんこう)、チェックしてもらえない？

ko.no.ge.n.ko.u./che.kku.shi.te.mo.ra.e.na.i

這份原稿，你可以幫我看看嗎？

應用句

☞ ちょっとよろしいですか？

cho.tto./yo.ro.shi.i./de.su.ka.

你有空嗎？

☞ ちょっといい？

cho.tto./i.i.

有空嗎？

☞ 今(いま)、大丈夫(だいじょうぶ)ですか？

i.ma./da.i.jo.u.bu./de.su.ka.

現在有空嗎？

☞ あの…。

a.no.

那個…。

track 062

☞ 今、忙しいですか？

i.ma./i.so.ga.shi.i.de.su.ka.

你現在忙嗎？

☞ 聞きたいことがあるんですが。

ki.ki.ta.i.ko.to.ga./a.ru.n.de.su.ga.

我想問你一些事。

☞ ちょっと時間作ってくれませんか？

cho.tto.ji.ka.n.tsu.ku.tte./ku.re.ma.se.n.ka.

可以給我一些時間嗎？

☞ あの…すみません。

a.no./su.mi.ma.se.n.

呃…不好意思。

☞ 今、大丈夫？

i.ma./da.i.jo.u.bu.

現在有空嗎？（和朋友或晚輩）

• track 063

樂意幫忙

なんでも聞(き)いてください。
na.n.de.mo./ki.i.te./ku.da.sa.i.
什麼都可以問我。

說　明

歡迎別人來問問題、樂意幫人解決問題時，可以說「なんでも聞いてください」。

會　話

Ⓐありがとうございます。助(たす)かりました。
a.ri.ga.to.u./go.za.i.ma.su./ta.su.ka.ri.ma.shi.ta.
謝謝你，幫了我很大的忙。

Ⓑいいえ、どういたしまして。ほかに何(なに)か分(わ)からないことがあったら、なんでも聞(き)いてください。
i.i.e./do.u.i.ta.shi.ma.shi.te./ho.ka.ni./na.ni.ka./wa.ka.ra.na.i./ko.to.ga./a.tta.ra./na.n.de.mo./ki.i.te./ku.da.sa.i.
不客氣，還有什麼問題的話，都可以來問我喔。

會　話

Ⓐ困(こま)ったことがあったら、なんでも聞(き)いてね。
ko.ma.tta.ko.to.ga./a.tta.ra./na.n.de.mo.ki.i.te.ne.
如果有什麼煩惱的話，都可以找我商量喔。

Ⓑ はい、ありがとうございます。

ha.i./a.ri.ga.to.u./go.za.i.ma.su.

好，謝謝。

應用句

☞ なんでも聞いてね。

na.n.de.mo./ki.i.te.ne.

什麼都可以問我喔。（非正式的場面）

☞ 何か聞きたい事がありましたら、遠慮せずに私に電話してください。

na.ni.ka./ki.ki.ta.i.ko.to.ga./a.ri.ma.shi.ta.ra./e.n.ryo.se.zu.ni./wa.ta.shi.ni./de.n.wa.shi.te./ku.da.sa.i.

如果有什麼想問的，別客氣就打給我吧。

☞ 問題がありましたら、いつでも電話してください。

mo.n.da.i.ga./a.ri.ma.shi.ta.ra./i.tsu.de.mo./de.n.wa.shi.te./ku.da.sa.i.

有什麼問題的話，隨時都可以打給我。

☞ 質問がありましたら、いつでも電話してください。

shi.tsu.mo.n.ga./a.ri.ma.shi.ta.ra./i.tsu.de.mo./de.n.wa.shi.te./ku.da.sa.i.

有什麼問題的話，隨時都可以打給我。

☞ 欲しいものがありましたら、いつでも私たちに話してください。

• track 064

ho.shi.i.mo.no.ga./a.ri.ma.shi.ta.ra./i.tsu.de.mo./wa.ta.shi.ta.chi.ni./ha.na.shi.te./ku.da.sa.i.

如果有什麼想要的，隨時都可以跟我們說。

☞ いつでも遠慮せずに質問して下さい。

i.tsu.de.mo./e.n.ryo.se.zu.ni./shi.tsu.mo.n.shi.te./ku.da.sa.i.

不用客氣，隨時都可以發問。

☞ どんな質問でも遠慮なくしなさい。

do.n.na./shi.tsu.mo.n.de.mo./e.n.ryo.na.ku./shi.na.sa.i.

不管什麼問題都可以問。

☞ どんな質問でも私に気軽に尋ねてください。

do.n.na./shi.tsu.mo.n.de.mo./wa.ta.shi.ni./ki.ga.ru.ni./ta.zu.ne.te./ku.da.sa.i.

不管什麼問題都可以放心來問我。

☞ 遠慮なく気持ちをおっしゃてください。

e.n.ryo.na.ku./ki.mo.chi.o./o.ssha.te./ku.da.sa.i.

可以說出自己的心情不必有所顧慮。

☞ 何かありましたらまたお呼びください。

na.ni.ka.a.ri.ma.shi.ta.ra./ma.ta./o.yo.bi.ku.da.sa.i.

如果有什麼問題，請再叫我。

主動關心

どうしましたか？

do.u.shi.ma.shi.ta.ka.

怎麼了嗎？

說 明

看到需要幫助的人，或是覺得對方有異狀，想要主動關心時，就用「どうしましたか」。

會 話

Ⓐ 誰(だれ)か助(たす)けて！

da.re.ka.ta.su.ke.te.

救命啊！

Ⓑ どうしましたか？

do.u.sh.ma.shi.ta.ka.

發生什麼事了？

會 話

Ⓐ あの…すみません。

a.no./su.mi.ma.se.n.

呃…不好意思。

Ⓑ はい、どうしましたか？

ha.i./do.u.shi.ma.shi.ta.ka.

怎麼了嗎？

• track 065

Ⓐ切符を買いたいんですが、この機械の使い方がわかりません。どうしたらいいですか？

ki.ppu.o.ka.i.ta.i.n.de.su.ga./ko.no.ki.ka.i.no.tsu.ka.i.ka.ta.ga./wa.ka.ri.ma.se.n./do.u.shi.ta.ra./i.i.de.su.ka.

我想要買車票，但不會用這個機器。該怎麼辦呢？

會話

Ⓐ朝からため息ばっかりしていて、どうしたんですか？

a.sa.ka.ra./ta.me.i.ki.ba.kka.ri.shi.te.i.te./do.u.shi.ta.n.de.su.ka.

從早上開始就一直嘆氣，你怎麼了？

Ⓑ今朝電車に宿題を忘れてしまったんです。

ke.sa./de.n.sha.ni./shu.ku.da.i.o.wa.su.re.te.shi.ma.tta.n.de.su.

早上我把作業忘在電車裡了。

會話

Ⓐどうしたの？元気がなさそうだ。

do.u.shi.ta.no./ge.ki.ga./na.sa.so.u.da.

你怎麼了？看起來很沒精神耶！

Ⓑ仕事がうまくいかないの。

shi.go.to.ga./u.ma.ku.i.ka.na.i.no.

工作進行得不順利。

會 話

Ⓐ あれ？

a.re.

疑？

Ⓑ どうしましたか？

do.u.shi.ma.shi.ta.ka.

怎麼了嗎？

應用句

☞ 何（なに）かお困（こま）りですか？

na.ni.ka./o.ko.ma.ri.de.su.ka.

有什麼問題嗎？

☞ お手伝（てつだ）いしましょうか？

o.te.tsu.da.i.shi.ma.sho.u.ka.

讓我來幫你。

☞ 手伝（てつだ）おうか？

te.tsu.da.o.u.ka.

我來幫你吧！

☞ 大丈夫（だいじょうぶ）ですか？

da.i.jo.u.bu.de.su.ka.

還好嗎？

☞ どうしたの？

do.u.shi.ta.no.

怎麼了？

●track 066

☞どうした？

do.u.shi.ta.

怎麼啦？

☞どうしたの？そんな暗(くら)い顔(かお)をして。

do.u.shi.ta.no./so.n.na./ku.ra.i.ka.o.o.shi.te.

怎麼了，臉色這麼陰沉。

☞何(なに)か困(こま)ったことでも？

na.ni.ka./ko.ma.tta.ko.to.de.mo.

有什麼問題嗎？

☞何(なに)かありましたか？

na.ni.ka./a.ri.ma.shi.ta.ka.

怎麼了嗎？

☞何(なに)かあったの？

na.ni.ka./a.tta.no.

怎麼了？

感嘆詞（１）

あれ？／えっ？

a.re./e.

表示疑問。

說　明

「**あれ？**」「**えっ？**」都是表疑問的意思。「**あれ？**」是用在發現了什麼異狀或奇怪的事，類似中文裡的「咦？」；而「**えっ？**」則是用在有點驚訝的感覺，是表示對聽到的話或是看到的事情感到不敢相信，類似中文裡的「什麼？」「不會吧？」。

會　話

Ⓐ あれ、ここにおいた本（ほん）はどこだ？

a.re./ko.ko.ni./o.i.ta./ho.n.wa./do.ko.da.

咦？放在這兒的書呢？

Ⓑ もう本棚（ほんだな）に戻（もど）したんじゃない？

mo.u./ho.n.da.na.ni./mo.do.shi.ta.n./ja.na.i.

你不是放回書架上了嗎？

會　話

Ⓐ あれ、変（へん）だなあ。

a.re./he.n.da.na.a.

咦？好奇怪喔。

• track 067

Ⓑ どうしたの？

do.u.shi.ta.no.

怎麼了？

會話

Ⓐ あれ？鍵（かぎ）が…。

a.re./ka.gi.ga.

啊，鑰匙忘了帶！

Ⓑ えっ？どうする？戻（もど）るか？

e./do.u.su.ru./mo.do.ru.ka.

那怎麼辦？回去拿嗎？

會話

Ⓐ あれ、恵美（えみ）、なんでパジャマで？

a.re./e.mi./na.n.de./pa.ja.ma.de.

欸，惠美，你為什麼穿著睡衣？

Ⓑ あっ、恥（は）ずかしい！

a./ha.zu.ka.shi.i.

啊！好丟臉啊！

會話

Ⓐ 今日（きょう）の晩（ばん）ご飯（はん）、僕（ぼく）が作（つく）るから。

kyo.u.no.ba.n.go.ha.n./bo.ku.ga./tsu.ku.ru.ka.ra.

今天的晚飯我來做。

Ⓑ あれ、料理(りょうり)は得意(とくい)じゃないって言(い)ってたじゃん？

a.re./ryo.u.ri.wa./to.ku.i.ja.na.i.tte./i.tte.ta.ja.n.

咦？你不是說你不擅長煮飯嗎？

會 話

Ⓐ 機嫌(きげん)が悪(わる)そうだね。

ki.ge.n.ga./wa.ru.so.u.da.ne.

你看起來心情很不好。

Ⓑ くびになったんだ。

ku.bi.ni.na.tta.n.da.

我被炒魷魚了。

Ⓐ えっ？どういうこと？

e./do.u.i.u.ko.to.

怎麼回事？

會 話

Ⓐ そろそろ時間(じかん)です。行(い)きましょうか？

so.ro.so.ro.ji.ka.n.de.su./i.ki.ma.sho.u.ka.

時間到了，我們走吧。

Ⓑ えっ、どこへ？

e./do.ko.e.

啊？去哪裡？

會 話

● track 067

Ⓐ 決(き)めた！

ki.me.ta.

我決定了！

Ⓑ えっ？何(なに)を？

e./na.ni.o.

啊？決定什麼？

會　話

Ⓐ どうしてわたしが泥棒(どろぼう)だってみんなに言(い)ったの？

do.u.shi.te.wa.ta.shi.ga./do.ro.bo.u.da.tte./mi.n.na.ni.i.tta.no.

你為什麼跟別人說我是小偷？

Ⓑ えっ？そんなこと言(い)ってないよ。

e./so.n.na.ko.to./i.tte.na.i.yo.

什麼？我沒說過這種話啊！

會　話

Ⓐ 届(とど)いたよ。

to.do.i.ta.yo.

寄到囉。

Ⓑ えっ？なにが？

e./na.ni.ga.

啊，什麼？

應用句

☞ なに？

na.ni.

什麼？

☞ はあ？

ha.a.

你說什麼？／啊？（不禮貌的說法）

☞ まさか？

ma.sa.ka.

不會吧。

☞ おや？

o.ya.

咦？

☞ えっ、本気（ほんき）ですか？

e./ho.n.ki.de.su.ka.

你對這件事是認真的嗎？

☞ えっ？知（し）り合（あ）い？

e./shi.ri.a.i.

疑？你認識他嗎？

●track 069

感嘆詞（2）

あら／あっ
a.ra./a.
唉呀。

說 明

「あら」「あっ」都有驚訝感嘆的意思。「あら」屬於較女性化的用語。

會 話

Ⓐお久（ひさ）しぶりです。
o.hi.sa.shi.bu.ri.de.su.
好久不見了。

Ⓑあらっ、田中（たなか）さん、お久（ひさ）しぶりです。最近（さいきん）はどうでしたか？
a.ra./ta.na.ka.sa.n./o.hi.sa.shi.bu.ri.de.su./sa.ki.n.wa./do.u.de.shi.ta.ka.
啊，田中先生，好久不見了。近來好嗎？

會 話

Ⓐテストで満点（まんてん）を取（と）った！
te.su.to.de.ma.n.de.n.o.to.tta.
我考試拿了滿分喔！

Ⓑ あらっ、素晴(すば)らしい！

a.ra./su.ba.ra.shi.i.

哇，真棒！

會話

Ⓐ もう七時(しちじ)だ！

mo.u.shi.chi.ji.da.

已經七點了！

Ⓑ あらっ、大変(たいへん)！急(いそ)いで。

a.ra./ta.i.he.n./i.so.i.de.

啊，糟了！快一點。

會話

Ⓐ そろそろ時間(じかん)です。

so.ro.so.ro.ji.ka.n.de.su.

時間差不多了。

Ⓑ あっ、もうこんな時間(じかん)ですか？

a./mo.u.ko.n.na.ji.ka.n.de.su.ka.

啊！已經這麼晚了。

會話

Ⓐ あっ！

a.

(電梯中)啊！

●track 069

Ⓑ いっぱいですから、次(つぎ)のにしましょうか？

i.ppa.i.de.su.ka.ra./tsu.gi.no.ni./shi.ma.sho.u.ka.

人已經滿了，坐下一班吧！

會話

Ⓐ 食事(しょくじ)に行(い)こうか？

sho.ku.ji.ni.i.ko.u.ka.

去吃飯吧？

Ⓑ うん。

u.n.

好啊。

Ⓒ あっ、待(ま)って、わたしも行(い)きたい。

a./ma.tte./wa.ta.shi.mo.i.ki.ta.i.

啊，等等我，我也想去。

會話

Ⓐ さっきからじっと同(おな)じページを見(み)つめていて、何(なに)を考(かんが)えていますか？

sa.kki.ka.ra./ji.tto.o.na.ji.pe.e.ji.o./mi.tsu.me.te.i.te./na.ni.o./ka.n.ga.e.te.i.ma.su.ka.

你從剛剛開始就一直看著同一頁，在想什麼嗎？

Ⓑ あっ、別(べつ)に…。

a./be.tsu.ni.

啊，沒什麼。

● track 069~070

會話

Ⓐ あっ！田中(たなか)さん、待(ま)って！

a./ta.na.ka.sa.n./ma.tte.

啊！田中先生，等一下！

Ⓑ おっ！びっくりしました。何(なに)か？

o./bi.kku.ri.shi.ma.shi.ta./na.ni.ka.

喔，嚇我一跳。有什麼事？

應用句

☞ わぁ。

wa.a.

哇！

☞ いや。

i.ya.

哇！

☞ おっ。

o.

喔！

☞ まあ。

ma.a.

真是…。

☞ えー。

e.e.

什麼！

● track 070

☞ えっ！

e.

什麼！

☞ へえ。

he.e.

這樣啊。

☞ おお。

o.o.

喔！

☞ ああ。

a.a.

啊！

track 071

感嘆詞（3）

はい／いいえ

ha.i./i.i.e.

是。／不是。

説 明

「**はい**」表示「是」「對」之意，此外也有回應對方、表示答應、或是喚起對方注意的意思。而「**いいえ**」則是「不是」「不對」之意，也有「不客氣」的意思。

會 話

Ⓐもしもし、桜井（さくらい）さんのお宅（たく）でしょうか？

mo.shi.mo.shi./sa.ku.ra.i.sa.n.o.o.ta.ku./de.sho.u.ka.

喂，請問是櫻井先生家嗎？

Ⓑはい、そうです。

ha.i./so.u.de.su.

是的，沒錯。

會 話

Ⓐ飲（の）み物（もの）をもっと追加（ついか）しませんか？

no.mi.mo.no.o./mo.tto.tsu.i.ka.shi.ma.se.n.ka.

要不要再加點些飲料呢？

• track 071

Ⓑ はい、それから野菜(やさい)も注文(ちゅうもん)したいんですけど。

ha.i./so.re.ka.ra./ya.sa.i.mo./chu.u.mo.n.shi.ta.i.n.de.su.ke.do.

好的，然後我還想再多加點些蔬菜。

會 話

Ⓐ 木村(きむら)さんは日本(にほん)へ行(い)ったことがありますか？

ki.mu.ra.sa.n.wa./ni.ho.n.e./i.tta.ko.to.ga./a.ri.ma.su.ka.

木村先生，你有去過日本嗎？

Ⓑ はい、去年(きょねん)の夏(なつ)に行(い)きましたけど、何(なん)ですか？

ha.i./kyo.ne.n.no.na.tsu.ni./i.ki.ma.shi.ta.ke.do./na.n.de.su.ka.

有啊，我去年夏天有去過那裡。為什麼這麼問？

Ⓐ 実(じつ)は、来月(らいげつ)に日本(にほん)へ行(い)くことになったんです。

ji.tsu.wa./ra.i.ge.tsu.ni./ni.ho.n.e./i.ku.ko.to.ni./na.tta.n.de.su.

我今年秋天要去日本。

Ⓑ 旅行(りょこう)ですか？

ryo.ko.u.de.su.ka.

去旅行嗎？

Ⓐいいえ、会社の日本支社へ転勤することになりました。

i.i.e./ka.i.sha.no.ni.ho.n.shi.sha.e./te.n.ki.n.su.ru.ko.to.ni./na.ri.ma.shi.ta.

不，我調職到公司的日本分公司去。

會話

Ⓐ田中さんにはまだ連絡していますか？

ta.na.ka.ni.wa./ma.da.re.n.ra.ku.shi.te./i.ma.su.ka.

你和田中還有聯絡嗎？

Ⓑいいえ、連絡していません。

i.i.e./re.n.ra.ku.shi.te./i.ma.se.n.

不，已經沒聯絡了。

會話

Ⓐ一緒に来てくれて、ありがとう。

i.ssho.ni.ki.te.ku.re.te./a.ri.ga.to.u.

謝謝你陪我來。

Ⓑいいえ、光栄です。

i.i.e./ko.u.e.i.de.su.

不客氣，這是我的榮幸。

會話

Ⓐ申し込みするのは時間かかりますか？

mo.u.shi.ko.mi.su.ru.no.wa./ji.ka.n.ka.ka.ri.ma.su.ka.

申請這個會很花時間嗎？

•track 071~072

Ⓑ いいえ、申込書(もうしこみしょ)を書(か)くだけです、お時間(じかん)は取(と)らせません。

i.i.e./mo.u.shi.ko.mi.sho.o./ka.ku.da.ke.de.su./o.ji.ka.n.wa./to.ra.se.ma.se.n.

不，只要填寫申請書而已，不會耽誤你太久。

應用句

☞ うん。

u.n.

嗯。

☞ え。

e.

是。

☞ ううん。

u.u.n.

不是。

☞ いや。

i.ya.

不。

track 073

失禮了

しつれい
失礼します。

shi.tsu.re.i./shi.ma.su.

失禮了。／不好意思。

說　明

「失礼します」是「失禮了」的意思。通常是要做某件事情如果會妨礙到別人的話，就要先說「失礼します」。例如進入別人房間、辦公室時，說「失礼します」，有先向人打聲招呼，意同「我進來了」。而在道別的時候，說「失礼します」，則是表示「不好意思，我先告辭了」之意；電話結束要掛斷的時候，也可以說「失礼します」。

會　話

　　　　　め　あ　　くだ
Ⓐ どうぞお召し上がり下さい。

do.u.zo./o.me.shi.a.ga.ri./ku.da.sa.i.

請用菜。

　しつれい
Ⓑ 失礼します。

shi.tsu.re.i.shi.ma.su.

打擾了。

會　話

　　　しつれい
Ⓐ これで失礼します。

ko.re.de./shi.tsu.re.i.shi.ma.su.

不好意思我先離開了。

●track 073~074

Ⓑ はい。お疲れ様でした。

ha.i./o.tsu.ka.re.sa.ma./de.shi.ta

好，辛苦了。

會 話

Ⓐ 昨日は先に帰って失礼しました。

ki.no.u.wa./sa.ki.ni./ka.e.tte./shi.tsu.re.i./shi.ma.shi.ta.

我昨天先回家，真是失禮了。

Ⓑ いいんですよ。

i.i.n.de.su.yo.

沒關係啦。

應用句

☞ 失礼いたします。

shi.tsu.re.i./shi.ma.su.

對不起。／不好意思。／失禮了。

☞ おじゃまします。

o.ja.ma./shi.ma.su.

打擾了。

☞ ごめんください。

go.me.n./ku.da.sa.i.

有人在嗎？

☞ お先に失礼します。

o.sa.ki.ni./shi.tsu.re.i./shi.ma.su.

我先走了。

☞ 先日(せんじつ)は失礼(しつれい)しました。

se.n.ji.tsu.wa./shi.tsu.re.i.shi.ma.shi.ta.

前些日子的事真是不好意思。

☞ 大変失礼(たいへんしつれい)しました。

ta.i.he.n./shi.tsu.re.i.shi.ma.shi.ta.

真的很抱歉。

☞ 恐(おそ)れ入(い)ります。

o.so.re.i.ri.ma.su.

抱歉。／不好意思。

● track 075

請人稍等

しょうしょう　ま
少々お待ちください。
sho.u.sho.u./o.ma.chi./ku.da.sa.i.
請稍等一下。

說 明

「少々お待ちください」是「請稍候」的意思。若是要叫對方「等一下」，則是說「ちょっと待って下さい」。

會 話

やました
Ⓐ山下さんはいらっしゃいますか？
ya.ma.shi.ta.sa.n.wa./i.ra.ssha.i.ma.su.ka.
請問山下先生在嗎？

しょうしょう　ま
Ⓑはい、少々お待ちください。
ha.i./sho.u.sho.u.o.ma.chi.ku.da.sa.i.
在，請您稍等。

會 話

はしもと
Ⓐはい、橋本です。
ha.i./ha.shi.mo.to.de.su.
喂，這裡是橋本家。

たなか　もう
Ⓑ田中と申しますが、たくやさんはいらっしゃいますか？

ta.na.ka.to./mo.u.shi.ma.su.ga./ta.ku.ya.sa.n.wa./i.ra.ssha.i.ma.su.ka.

敝姓田中，請問小雪在嗎？

Ⓐ はい、少々（しょうしょう）お待ちください。

ha.i./sho.u.sho.u./o.ma.chi.ku.da.sa.i.

在，請稍等一下。

會 話

Ⓐ じゃ、行（い）ってきます。

ja./i.tte.ki.ma.su.

那我出發了。

Ⓑ あっ、待（ま）って。

a./ma.tte.

啊，等一下。

應用句

☞ ちょっと待（ま）ってください。

jo.tto./ma.tte.ku.da.sa.i.

請等一下。

☞ あっ、待（ま）ってください。

a./ma.tte.ku.da.sa.i.

啊，等一下。

☞ ちょっと待（ま）って。

cho.tto.ma.tte.

等一下。

track 076

☞ 待(ま)って。

ma.tte.

等等！

☞ 待(ま)ってくれない？

ma.tte.ku.re.na.i.

可以等我一下嗎？

☞ いつものところで待(ま)ってください。

i.tsu.mo.no.to.ko.ro.de./ma.tte.ku.da.sa.i.

在老地方等我。

☞ もうすぐ終(お)わるから、待(ま)っててね。

mo.u.su.gu.o.wa.ru.ka.ra./ma.tte.te.ne.

馬上就好了，再等一下喔！

鼓勵

頑張(がんば)って。

ga.n.ba.tte.

加油。

說　明

為對方加油打氣，請對方加油的時候，可以用這句話來表示自己支持的心意。

會　話

Ⓐ また負(ま)けた。自信(じしん)がなくなった。

ma.ta./ma.ke.ta./ji.shi.n.ga./na.ku.na.tta.

又輸了，都沒自信了。

Ⓑ 頑張(がんば)って、みんなは応援(おうえん)しているよ。

ga.n.ba.tte./mi.n.na.wa./o.u.e.n.shi.te.i.ru.yo

加油，大家都在幫你加油。

會　話

Ⓐ 今日(きょう)から仕事(しごと)を頑張(がんば)ります。

kyo.u.ka.ra./shi.go.to.o./ga.n.ba.ri.ma.su.

今天工作上也要加油！

Ⓑ うん、頑張(がんば)って！

u.n./ga.n.ba.tte.

嗯，加油！

•track 077

會 話

Ⓐ ずっと応援(おうえん)するよ。頑張(がんば)って！

zu.tto./o.u.e.n.su.ru.yo./ga.n.ba.tte.

我支持你，加油！

Ⓑ うん、頑張(がんば)るぞ。

u.n./ga.n.ba.ru.zo.

嗯，我會加油的。（此句為男性用語）

會 話

Ⓐ あぁ、また失敗(しっぱい)しちゃった。

a.a./ma.ta.shi.ppa.i.shi.cha.tta.

唉，又失敗了。

Ⓑ 頑張(がんば)ればきっとできるから、気(き)にするな。

ga.n.ba.re.ba.ki.tto.de.ki.ru.ka.ra./ki.ni.su.ru.na.

只要努力一定有成功的一天，別在意！

會 話

Ⓐ 皆(みな)、元気(げんき)を出(だ)して一緒(いっしょ)に頑張(がんば)りましょう！

mi.na./ge.n.ki.o.da.shi.te./i.ssho.ni.ga.n.ba.ri.ma.sho.u.

打起精神，大家一起努力吧！

Ⓑ はい！

ha.i.

好！

●track 078

應用句

☞ 頑張(がんば)ってください。

ga.n.ba.tte./ku.da.sa.i.

請加油。

☞ 頑張(がんば)ってくれ！

ga.n.ba.tte.ku.re.

給我加油點！

☞ 頑張(がんば)りなよ。

ga.n.ba.ri.na.yo.

加油喔。

☞ もっと自信(じしん)を持(も)って。

mo.tto./ji.shi.n.o./mo.tte.

對自己有自信點。

☞ しっかりして。

shi.kka.ri.shi.te.

振作點。

☞ 今日(きょう)のことは忘(わす)れましょう。

kyou.u.no./ko.to.wa./wa.su.re.ma.sho.u.

今天的事就忘了它吧。

☞ めげるな。

me.ge.ru.na.

別垂頭喪氣。

☞ 大丈夫(だいじょうぶ)だよ。

da.i.jo.u.bu.da.yo.

沒問題的啦。／沒關係啦。

• track 078

☞ 諦（あきら）めないで。

a.ki.ra.me.na.i.de.

別放棄。

☞ もう少（すこ）しでやれるよ。

mo.u./su.ko.si.de./ya.re.ru.yo.

再努力一下。

☞ くよくよしないで。

ku.yo.ku.yo./shi.na.i.de.

別哭哭啼啼的。

☞ いつでも応援（おうえん）するよ。

i.tsu.de.mo./o.u.e.n./su.ru.yo.

我一直都會幫你加油的。

track 079

請求允許

休(やす)ませていただけませんか？

ya.su.me.se.te./i.ta.da.ke.ma.se.n.ka.

可以讓我休息(請假)嗎？

說明

委婉地請求讓自己做某件事時，通常使用「～させてもらえませんか」「～させていただけませんか」的句型。

會話

Ⓐ部長(ぶちょう)、申(もう)し訳(わけ)ありませんが、今日(きょう)は休ませていただけませんか？

bu.cho.u./mo.u.shi.wa.ke./a.ri.ma.se.n.ga./kyo.u.wa.
ya.su.ma.se.te./i.ta.da.ke.ma.se.n.ka.

部長，不好意思，我今天可以請假嗎？

Ⓑなんかあるの？

na.n.ka./a.ru.no.

怎麼了嗎？

會話

Ⓐ田中(たなか)さん。ちょっといいですか？

ta.na.ka.sa.n./cho.tto./i.i.de.su.ka.

田中先生，你現在有空嗎？

•track 079~080

Ⓑ はい、何(なん)ですか？

ha.i./na.n.de.su.ka.

有什麼事嗎？

Ⓐ 明日(あした)から来週(らいしゅう)の水曜日(すいようび)まで休(やす)ませていただきます。一週間(いっしゅうかん)の間(あいだ)宜(よろ)しくお願(ねが)いします。

a.shi.ta.ka.ra./ra.i.shu.u.no./su.i.yo.u.bi./ma.de./ya.su.ma.se.te./i.ta.da.ki.ma.su./i.sshu.u.ka.n./no.a.i.da./yo.ro.shi.ku./o.ne.ga.i.shi.ma.su.

明天開始到下週的星期三我休假，這一星期就請你多幫忙。

會話

Ⓐ 部長(ぶちょう)、姉(あね)の結婚式(けっこんしき)がありますので、金曜日(きんようび)に休(やす)ませていただきたいのですが。

bu.cho.u./a.ne.no./ke.kko.n.shi.ki.ga./a.ri.ma.su.no.de./ki.n.yo.u.bi.ni./ya.su.ma.se.te./i.ta.da.ki.ta.i.no.de.su.

部長，因為我姊姊要結婚了，星期五可以請假嗎？

Ⓑ いいよ。

i.i.yo.

好啊。

應用句

☞ 体調(たいちょう)が悪(わる)いので、今日(きょう)は休(やす)ませていただけませんか？

ta.i.cho.u.ga./wa.ru.i.no.de./kyo.u.wa./ya.su.ma.se.te./i.ta.da.ke.ma.se.n.ka.

我今天身體不舒服，可以讓我休息(請假)嗎？

☞ 課長(かちょう)、その仕事(しごと)は私(わたし)にさせてください。

ka.cho.u./so.no.shi.go.to.wa./wa.ta.shi.ni./sa.se.te.ku.da.sa.i.

課長，這個工作請讓我做。

☞ すみません。電話(でんわ)を使(つか)わせていただけませんか？

su.mi.ma.se.n./de.n.wa.o./tsu.ka.wa.se.te./i.ta.da.ke.ma.se.n.ka.

不好意思，可以讓我使用電話嗎？

•track 081

叮嚀

気(き)をつけてね

ki.o.tsu.ke.te.ne.

保重。／小心。

說　明

通常用於道別的場合，請對方保重身體。另外在想要叮嚀、提醒對方的時候使用，這句話有請對方小心的意思。但也有「打起精神！」「注意！」的意思。

會　話

Ⓐじゃ、そろそろ帰(かえ)ります。

ja./so.ro.so.ro.ka.e.ri.ma.su.

那麼，我要回去了。

Ⓑ暗(くら)いから気(き)をつけてください。

ku.ra.i.ka.ra./ki.o.tsu.ke.te.ku.da.sa.i.

天色很暗，請小心。

Ⓐはい、ありがとう。また明日(あした)。

ha.i./a.ri.ga.to.u./ma.ta.a.shi.ta.

好的，謝謝。明天見。

會　話

Ⓐじゃ、そろそろ帰(かえ)りますね。

ja./so.ro.so.ro.ka.e.ri.ma.su.ne.

那麼，我要回去了。

Ⓑ 暗(くら)いから気(き)をつけてください。

ku.ra.i.ka.ra./ki.o.tsu.ke.te.ku.da.sa.i.

天色很暗，請小心。

會話

Ⓐ 行(い)ってきます。

i.tte.ki.ma.su.

我出門囉！

Ⓑ 行(い)ってらっしゃい。車(くるま)に気(き)をつけてね。

i.tte.ra.sha.i./ku.ru.ma.ni./ki.o.tsu.ke.te.ne.

慢走，小心車子喔。

會話

Ⓐ わたし、来週(らいしゅう)から日本(にほん)へ転勤(てんきん)することになったんです。

wa.ta.shi./ra.i.shu.u.ka.ra./ni.ho.n.e./te.n.ki.n.su.ru.ko.to.ni./na.tta.n.de.su.

我下星期要調職到日本了。

Ⓑ それは急(きゅう)ですね。とにかく体(からだ)に気(き)をつけてくださいね。

so.re.wa.kyu.u.de.su.ne./to.ni.ka.ku./ka.ra.da.ni./ki.o.tsu.ke.te./ku.da.sa.i.ne.

怎麼這麼突然？總之要多保重身體喔！

• track 082

應用句

☞ どうぞお大事(だいじ)に。

do.u.so./o.da.i.ji.ni.

請多保重。(用於探病)

☞ 気(き)をつけて行(い)ってらっしゃい。

ki.o.tsu.ke.te./i.tte.ra.ssha.i.

路上請小心慢走。

☞ 気(き)をつけてください。

ki.o.tsu.ke.te./ku.da.sa.i.

請小心。

☞ 気(き)をつけなさい。

ki.o.tsu.ke.na.sa.i.

請注意。

個人看法

いいと思(おも)う。

i.i.to.o.mo.u.

我覺得不錯。

說 明

在表達自己的意見和想法時，日本人常會用「と思う」這個關鍵字，代表這是個人的想法，以避免給人太過武斷的感覺。而在前面加上了「いい」就是「我覺得很好」的意思，在平常使用時，可以把「いい」換上其他的詞或句子。

會 話

Ⓐ もう一度(いちど)書(か)き直(なお)す。

mo.u.i.chi.do.ka.ki.na.o.su.

我重新寫一遍。

Ⓑ いや、このままでいいと思(おも)う。

i.ya./ko.no.ma.ma.de.i.i.to.o.mo.u.

不，我覺得這樣就可以了。

會 話

Ⓐ この辞書(じしょ)がいいと思(おも)う。

ko.ni.ji.sho.ga.i.i.to./o.mo.u.

我覺得這本字典很棒。

•track 083~084

Ⓑ 本当だ。なかなか分かりやすいね。

ho.n.to.u.da./na.ka.na.ka./wa.ka.ri.ya.su.i.ne.

真的耶！很淺顯易懂。

會　話

Ⓐ 大橋が犯人であることは間違いない。

o.o.ha.sh.ga./ha.n.ni.n.de.a.ru.ko.to.wa./ma.chi.ga.i.na.i.

犯人一定就是大橋。

Ⓑ 私もそう思う。

wa.ta.shi.mo./so.u.o.mo.u.

我也這麼覺得。

會　話

Ⓐ 東京の人は冷たいなあ。

to.u.kyo.u.no.hi.to.wa./tsu.me.ta.i.na.a.

東京的人真是冷淡。

Ⓑ う～ん。そうとは思わないけど。

u.n./so.u.to.wa./o.mo.wa.na.i.ke.do.

嗯……，我倒不這麼認為。

應用句

☞ かわいいと思う。

ka.wa.i.i.to.o.mo.u.

我覺得很可愛。

☞ かわいそうに思う。

ka.wa.i.so.u.ni.o.mo.u.

覺得好可憐。

☞ そうとは思わない。

so.u.to.wa./o.mo.wa.na.i.

我不這麼認為。

☞ おかしいとは思わない。

o.ka.shi.i.to.wa./o.mo.wa.na.i.

我不覺得奇怪。

☞ ノーチャンスとは思わない。

no.o./cha.n.su.to.wa./o.mo.wa.na.i.

我不認為沒機會。

●track 085

喜歡

好(す)きです。
su.ki.de.su.
喜歡。

說　明

無論是對於人、事、物，都可用「好き」來表示自己很中意這樣東西。用在形容人的時候，有時候也有「愛上」的意思，要注意使用的對象。

會　話

Ⓐ どんな音楽(おんがく)がすきなの？
do.n.na.o.n.ga.ku.ga./su.ki.na.no.
你喜歡什麼類型的音樂呢？

Ⓑ ジャズが好(す)き。
ja.zu.ga.su.ki.
我喜歡爵士樂。

會　話

Ⓐ サッカー選手(せんしゅ)で一番好(いちばんす)きなのは誰(だれ)ですか？
sa.kka.a.se.n.shu.de./i.chi.ba.n.su.ki.na.no.wa./da.re.de.su.ka.
你最喜歡的足球員是誰？

Ⓑ 長谷部誠が大好きです。

ha.se.be.ma.ko.to.ga./da.i.su.ki.de.su.

我最喜歡長谷部誠。

應用句

☞ 今でもやはり彼女のことが好きだ。

i.ma.de.mo./ya.ha.ri./ka.no.jo.no.ko.to.ga./su.ki.da.

即使到現在都還是喜歡她。

☞ 好きな人ができた。

su.ki.na.hi.to.ga./de.ki.ta.

我有喜歡的人了。

☞ 好きで好きでたまらない。

su.ki.de./su.ki.de./ta.ma.ra.na.i.

喜歡得不得了。

☞ 日本料理が大好き。

ni.ho.n.ryo.u.ri.ga./da.i.su.ki.

我最喜歡日本菜。

☞ 泳ぐことが好きです。

o.yo.gu.ko.to.ga./su.ki.de.su.

我喜歡游泳。

☞ チョコレートのような甘いものはあまり好きではありません。

cho.ko.re.e.to.no.yo.u.na./a.ma.i.mo.no.wa./a.ma.ri./su.ki.de.wa./a.ri.ma.se.n.

不太喜歡像巧克力那樣的甜食。

●track 086

☞ どんなスポーツが好きですか？

do.n.na.su.po.o.tsu.ga./su.ki.de.su.ka.

你喜歡什麼類型的運動？

☞ 一番好きな歌手は誰ですか？

i.chi.ba.n.su.ki.na.ka.shu.wa./da.re.de.su.ka.

你最喜歡的歌手是誰？

☞ この音楽が好きですか？

ko.no.o.n.ga.ku.ga./su.ki.de.su.ka.

你喜歡這音樂嗎？

☞ これ、好きですか？

ko.re./su.ki.de.su.ka.

你喜歡這個嗎？

●track 087

討厭

きら
嫌いです。

ki.ra.i.de.su.

討厭。

說　明

相對於「好き」，「嫌い」則是討厭的意思，不喜歡的人、事、物，都可以用這個關鍵字來形容。

會　話

Ⓐ 食べないの？
ta.be.na.i.no.
你不吃嗎？

Ⓑ ううん、ピーマンが嫌いなの。
u.u.n./pi.i.ma.n.ga./ki.ra.na.no.
不吃，因為我討厭青椒。

會　話

Ⓐ 早く勉強しなさい。
ha.ya.ku./be.n.kyo.u./shi.na.sa.i.
還不快去念書。

Ⓑ だって勉強嫌いだもん。
da.tte./be.n.kyo.u.gi.ra.i.da.mo.n.
總之我就是討厭念書嘛！

• track 087~088

Ⓐ 理屈(りくつ)を言(い)うな。

ri.ku.tsu.o./i.u.na.

少強詞奪理。

應用句

☞ 負(ま)けず嫌(ぎら)いです。

ma.ke.zu.gi.ra.i.de.su.

好強。／討厭輸。

☞ おまえなんて大嫌(だいきら)いだ！

o.ma.e.na.n.te./da.i.ki.ra.i.da.

我最討厭你了！

☞ あの人(ひと)のことが大嫌(だいきら)いなの。

i.i.ki.mi.da./a.no.hi.to.no.ko.to.ga./da.i.ki.ra.i.na.no.

我最討厭他了。

☞ 山田(やまだ)さんは甘(あま)いものが嫌(きら)いみたいだ。

ya.ma.da.sa.n.wa./a.ma.i.mo.no.ga./ki.ra.i.mi.ta.i.da.

山田先生好像討厭吃甜食。

不在意

だいじょうぶ
大丈夫です。

da.i.jo.u.bu.de.su.

沒關係。／沒問題。

說明

當對方向自己道歉時，說「大丈夫です」是表示沒關係。另外，要表示自己的狀況沒有問題，或是事情一切順利的時候，就可以用這句關鍵字來表示。若是把語調提高問「大丈夫？」，則是詢問對方「還好吧？」的意思。

會話

Ⓐ 返事(へんじ)が遅(おく)れて失礼(しつれい)しました。

he.n.ji.ga./o.ku.re.te./shi.tsu.re.i.shi.ma.shi.ta.

抱歉我太晚給你回音了。

Ⓑ 大丈夫(だいじょうぶ)です。気(き)にしないでください。

da.i.jo.u.bu.de.su./ki.ni.shi.na.i.de./ku.da.sa.i.

沒關係，不用在意。

應用句

☞ かまいません。

ka.ma.i.ma.se.n.

沒關係！

●track 090

☞ 大(たい)したことではありません。

ta.i.shi.ta.ko.to./de.wa.a.ri.ma.se.n.

沒什麼！

☞ あなたのせいじゃない。

a.na.ta.no.se.i.ja.na.i.

不是你的錯！

☞ 気(き)にしないで。

ki.ni.shi.na.i.de.

不要在意！

☞ いえいえ。

i.e.i.e.

不要緊的！

☞ 平気平気(へいきへいき)。

he.i.ki./he.i.ki.

沒關係！

☞ いいえ。

i.i.e.

沒關係！

☞ 心配(しんぱい)しないで。

shi.n.pa.i.shi.na.i.de.

別為此事擔心！

☞ こちらこそ。

ko.chi.ra.ko.so.

我才感到抱歉。

☞ いいのよ。

i.i.no.yo.

沒關係啦！

☞ ぜんぜん気にしていません。

ze.n.ze.n./ki.ni.shi.te./i.ma.se.n.

我一點都不在意。

☞ いいや。

i.i.ya.

不會。

☞ こっちのほうは気にしなくても大丈夫だよ。

ko.cchi.no.ho.u.wa./ki.ni.shi.na.ku.te.mo./da.i.jo.u.bu.de.su.

不用在乎我沒關係。

☞ 大丈夫だよ。

da.i.jo.u.bu.da.yo.

沒關係。／沒問題的。

☞ 大丈夫だよ、それは仕方がないよね。

da.i.jo.u.bu.da.yo./so.re.wa./shi.ka.ta.ga.na.i.yo.ne.

沒關係啦，這也是無可奈何的事。

•track 091~092

轉述

田中さんが来ると言っていました。

ta.na.ka.sa.n.ga./ku.ru.to./i.tte.i.ma.shi.ta.

田中先生說他會來。

說明

在聊天時要轉述別人的說法時，會先複述一次對方的說法，再加上「と言っていました」來表示這句話是對方說的。也可以用「～と言いました。」「～って言いました」「～っていっていました」。

會話

Ⓐ 橋本さんはまだですか？

ha.shi.mo.to.sa.n.wa./ma.da.de.su.ka.

橋本先生還沒來嗎？

Ⓑ 昨日電話で必ず来ると言っていたのに。

ki.no.u./de.n.wa.de./ka.na.ra.zu.ku.ru.to./i.tte.i.ta.no.ni.

明明昨天電話裡他說一定會來的。

應用句

☞ 来るって言っていました

ku.ru.tte./i.tte.i.ma.shi.ta

他說會來。

☞ 行けないと言っていました。

i.ke.na.i.to./i.tte.i.ma.shi.ta.

他說不能去了。

☞ あまり好きじゃないと言いました。

a.ma.ri.su.ki.ja.na.i.to./i.i.ma.shi.ta.

他說不喜歡。

☞ 変だなあ。天気予報は晴れるって言ったのに。

he.n.da.na.a./te.n.ki.yo.ho.u.wa./ha.re.ru.tte./i.tta.no.ni.

真奇怪，氣象預報明明說會是晴天。

☞ いつもそう言っていた。

i.tsu.mo.so.u.i.tte.i.ta.

我一向都是這麼說。

• track 093

恭喜

おめでとう。

o.me.de.to.u.

恭喜。

說　明

聽到了對方的好消息，或是在特別的節日時，想要向別人表達祝賀之意的時候，可以用這個關鍵字來表示自己的善意。較禮貌的說法是「おめでとうございます」。

會　話

Ⓐ 採用(さいよう)をもらった！

sa.i.yo.u.o./mo.ra.tta.yo.

我被錄取了。

Ⓑ おめでとう。よかったね。

o.me.de.to.u./yo.ka.tta.ne.

恭喜你，真是太好了。

會　話

Ⓐ ピアノコンクールで優勝(ゆうしょう)した。

pi.a.no.ko.n.ku.u.ru.de/yu.sho.u.shi.ta.

我得到鋼琴比賽冠軍。

Ⓑ 凄(すご)い！おめでとう。

su.go.i./o.me.de.to.u.

太厲害了！恭喜！

會 話

Ⓐ 東京大学(とうきょうだいがく)に合格(ごうかく)しました。

to.u.kyo.u.da.i.ga.ku.ni./go.u.ka.ku.shi.ma.shi.ta.

我考上東京大學了！

Ⓑ 本当(ほんとう)ですか？おめでとう！

ho.n.to.u.de.su.ka./o.me.de.to.o.

真的嗎？恭喜你了。

會 話

Ⓐ お誕生日(たんじょうび)おめでとう。

o.ta.n.jo.u.bi./o.me.de.to.u.

生日快樂。

Ⓑ え？私(わたし)へのプレゼントですか？ありがとうございます。

e./wa.ta.shi.e.no./pu.re.ze.n.to./de.su.ka./a.ri.ga.to.u./go.za.i.ma.su.

啊，這是送我的禮物嗎？謝謝。

Ⓐ つまらないものですが、どうぞ使(つか)ってください。

tsu.ma.ra.na.i./mo.no.de.su.ga./do.u.zo./tsu.ka.tte./ku.da.sa.i.

只是小東西不成敬意，請你收下使用。

●track 093~094

Ⓑまあ、スカーフですね。嬉しい。色も花柄も可愛くて素敵です。

ma.a./su.ka.a.fu./de.su.ne./u.re.shi.i./i.ro.mo./ha.na.ga.ra.mo./ka.wa.i.ku.te./su.te.ki.de.su.

哇，是絲巾，我很開心。顏色和花樣都很可愛，真漂亮。

應用句

☞お誕生日おめでとう。

o.ta.n.jo.u.bi./o.me.de.to.u.

生日快樂。

☞明けましておめでとうございます。

a.ke.ma.shi.te./o.me.de.to.u./go.za.i.ma.su.

新年快樂。

☞ご結婚おめでとうございます。

go.ke.kko.n./o.me.de.to.u./go.za.i.ma.su.

新婚快樂。

☞昇進おめでとう。

sho.u.shi.n./o.me.de.to.u.

恭喜升遷。

☞お引越しおめでとう。

o.hi.kko.shi./o.me.de.to.u.

恭喜搬家。

track 095

請人幫助

しゃしん　と
写真を撮ってもらっていいですか？
sha.shi.n.o./to.tte.mo.ra.tte./i.i.de.su.ka.
可以幫我拍照嗎？

說　明

請求別人幫忙做什麼時，可以用「～**てもらっていいですか**」，表示「可以幫我…嗎」。

會　話

Ⓐ 写真（しゃしん）を撮（と）ってもらっていいですか？
sha.shi.n.o./to.tte.mo.ra.tte./i.i.de.su.ka.
可以幫我拍照嗎？

Ⓑ はい。
ha.i.
好的。

會　話

Ⓐ あの、一緒（いっしょ）に写真（しゃしん）をとってもらっていいですか？
a.no./i.ssho.ni./sha.shi.n.o./to.tte.mo.ra.tte./i.i.de.su.ka.
不好意思，可以跟你一起拍照嗎？

• track 095~096

Ⓑ はい、いいですよ

ha.i./i.i.de.su.yo.

好的，沒問題。

應用句

☞ ちょっと、聞（き）いてもらっていいですか？

cho.tto./ki.i.te./mo.ra.tte./i.i.de.su.ka.

可以聽我說一下嗎？

☞ 名前（なまえ）を教（おし）えてもらっていいですか？

na.ma.e.o./o.shi.e.te./mo.ra.tte./i.i.de.su.ka.

可以告訴我你的名字嗎？

問價錢

いくらですか？

i.ku.ra./de.su.ka.

多少錢？

說明

購物或聊天時，想要詢問物品的價格，用這個關鍵字，可以讓對方了解自己想問的是多少錢。此外也可以用在詢問物品的數量有多少。

會話

Ⓐ これ、いくらですか？

ko.re./i.ku.ra.de.su.ka.

這個要多少錢？

Ⓑ 1300円（えん）です。

se.n.sa.n.bya.ku.e.n.de.su.

1300日圓。

Ⓐ じゃ、これをください。

ja./ko.re.o.ku.da.sa.i.

那麼，請給我這個。

會話

Ⓐ 宝（たから）くじが当（あ）たった。

ta.ka.ra.ku.ji.ga./a.ta.tta.

我中樂透了！

●track 097~098

Ⓑ 本当（ほんとう）？いくら当（あ）たったの？

ho.n.to.u./i.ku.ra.a.ta.tta.no.

真的嗎？中了多少錢？

會 話

Ⓐ すいません、大阪駅（おおさかえき）へはいくらですか？

su.i.ma.se.n./o.o.sa.ka.e.ki.e.wa./i.ku.ra.de.su.ka

不好意思，到大阪車站多少錢？

Ⓑ 900円（えん）です。

kyu.u.hya.ku.e.n.de.su.

900日圓。

應用句

☞ 全部（ぜんぶ）でいくら？

se.n.bu.de.i.ku.ra.

全部多少錢？

☞ この花（はな）はいくらで買（か）いましたか？

ko.no.ha.na.wa./i.ku.ra.de./ka.i.ma.shi.ta.ka.

這花你用多少錢買的？

要求

お茶(ちゃ)ください。

o.cha./ku.da.sa.i.

請給我茶。

說明

「～ください」是要求對方給某樣東西時說的，通常是用名詞。

會話

Ⓐ すみません、スプーンください。

su.mi.ma.se.n./su.pu.u.n./ku.da.sa.i.

不好意思，請給我湯匙。

Ⓑ はい、どうぞ。

ha.i./do.u.zo.

可以的，請。

會話

Ⓐ お飲(の)み物(もの)はいかがですか？

o.no.mi.mo.no.wa./i.ka.ga.de.su.ka.

要不要來點飲料呢？

Ⓑ はい、コーヒーください。

ha.i./ko.o.hi.i./ku.da.sa.i.

好的，請給我一杯咖啡。

• track 099~100

會 話

Ⓐこちらのスカートはどうですか？

ko.chi.ra.no.su.ka.a.to.wa./do.u.de.su.ka.

這件裙子如何呢？

Ⓑいいですね。じゃ、これください。

i.i.de.su.ne./ja./ko.re.ku.da.sa.i.

看起來不錯！我買這一件。

應用句

☞これください。

ko.re.ku.da.sa.i.

請給我這個。

☞あれと同（おな）じものください。

a.re.to.o.na.ji.mo.no./ku.da.sa.i.

請給我和那個相同的東西。

病痛

お腹(なか)が痛(いた)い。

o.na.ka.ga./i.ta.i.

肚子痛。

說 明

覺得很痛的時候，可以說出這個關鍵字，表達自己的感覺。除了實際的痛之外，心痛（胸が痛い）、痛腳（痛いところ）、感到頭痛（頭がいたい），也都是用這個字來表示。

會 話

Ⓐ どうしたの？

do.u.shi.ta.no.

怎麼了？

Ⓑ お腹(なか)が痛(いた)い。

o.na.ka.ga./i.ta.i.

肚子痛。

會 話

Ⓐ 顔色(かおいろ)が悪(わる)いです。大丈夫(だいじょうぶ)ですか？

ka.o.i.ro.ga./wa.ru.i.de.su./da.i.jo.u.bu.de.su.ka.

你的氣色不太好，還好嗎？

• track 101~102

Ⓑ お腹が痛いです。

o.na.ka.ga./i.ta.i.de.su.

肚子痛。

應用句

☞ のどが痛い。

no.do.ga./i.ta.i.

喉嚨好痛。

☞ 目が痛いです。

me.ga./i.ta.i.

眼睛痛。

☞ 同僚と喧嘩して、体の調子がさらに悪くなった。

do.u.ryo.u.to.ke.n.ka.shi.te./ka.ra.da.no.cho.u.shi.ga./sa.ra.ni.wa.ru.ku.na.tta.

和同事吵架，害得我身體狀況更糟了。

☞ 気分が悪いです。

ki.bu.n.ga./wa.ru.i.n.de.su.

不太舒服。

☞ 体の調子が悪い

ka.ra.da.no./cho.u.shi.ga./wa.ru.i.

身體狀況不佳。

詢問意見

お勧めは何ですか？

o.su.su.me.wa./na.n.de.su.ka.

你推薦什麼？

說 明

在餐廳或是店面選購物品時，可以用這句話來詢問店員有沒有推薦的商品。

會 話

Ⓐ お勧めは何ですか？

o.su.su.me.wa./na.n.de.su.ka.

你推薦什麼呢？

Ⓑ カレーライスは人気メニューです。

ka.re.e.ra.i.su.wa./ni.n.ki.me.nyu.u.de.su.

咖哩飯很受歡迎。

會 話

Ⓐ どのメーカーがお勧めですか？

do.no.me.e.ka.a.ga./o.su.su.me.de.su.ka.

你推薦那個廠牌呢？

Ⓑ そうですね。ソニーのは結構人気がありますね。

so.u.de.su.ne./so.ni.i.no.wa./ke.kko.u./ni.n.ki.ga./a.ri.ma.su.ne.

● track 104

嗯…索尼的很受顧客歡迎。

應用句

☞ 当店(とうてん)が自信(じしん)を持(も)ってお勧(すす)めします。

to.u.te.n.ga./ji.shi.n.o.mo.tte./o.su.su.me.shi.ma.su.

這是本店的推薦商品。

☞ 何(なに)かお勧(すす)めがありませんか？

na.ni.ka./o.su.su.me.ga.a.ri.ma.se.n.ka.

有沒有什麼推薦的商品？

☞ 一番人気(いちばんにんき)があるのは何(なん)ですか？

i.chi.ba.n.ni.n.ki.ga.a.ru.no.wa./na.n.de.su.ka.

最受歡迎的是什麼呢？

track 105

道別

じゃ、また。

ja./ma.ta.

下次見。

說明

這句話多半使用在和較熟識的朋友道別的時候，另外在通mail或簡訊時，也可以用在最後，當作「再聯絡」的意思。正式的場合可以說「では、また」。

會話

Ⓐ あっ、チャイムが鳴(な)った。早(はや)く行(い)かないと怒(おこ)られるよ。

a./cha.i.mu.ga.na.tta./ha.ya.ku.i.ka.na.i.to./o.ko.ra.re.ru.yo.

啊！鐘聲響了。再不快走的話就會被罵了。

Ⓑ じゃ、またね。

ja./ma.ta.ne.

那下次見囉！

會話

Ⓐ じゃ、また連絡(れんらく)しますね。

ja./ma.ta.re.n.ra.ku.shi.ma.su.ne.

那麼，我會再和你聯絡的。

• track 105~106

Ⓑええ、さよなら。

e.e./sa.yo.na.ra.

好的，再會。

會　話

Ⓐでは、また。

de.wa./ma.ta.

那麼，下次見了。

Ⓑじゃ、また。

ja./ma.ta.

就這樣。下次見囉！

會　話

Ⓐでは、また来週(らいしゅう)。

de.wa./ma.ta.ra.i.shu.u.

那麼，下週見。

Ⓑじゃ、またね。

ja./ma.ta.ne.

下次見。

應用句

☞じゃ、また後(あと)でね。

ja./ma.ta.a.to.de.ne.

待會見。

☞じゃ、また明日(あした)。

ja./ma.ta.a.shi.ta.

明天見。

☞ じゃ、また会(あ)いましょう。

ja./ma.ta.a.i.ma.sho.u.

有緣再會。

☞ また遊(あそ)ぼうね。

ma.ta.a.so.bo.u.ne.

再一起玩吧！

☞ またあとで。

ma.ta.a.to.de.

待會見。

☞ じゃね。

ja.ne.

再見。

生氣

むかつく。
mu.ka.tsu.ku.
真火大！

說 明

表示被惹毛了，十分生氣。

會 話

Ⓐ あの人（ひと）むかつく！
a.no.hi.to.mu.ka.tsu.ku.
那個人真令我火大！

Ⓑ どうしたの？
do.u.shi.ta.no.
怎麼了嗎？

會 話

Ⓐ 何（なに）があったの？
na.ni.ga./a.tta.no.
怎麼了？

Ⓑ 市役所（しやくしょ）に行（い）くと、いつも気分（きぶん）が悪（わる）くなる。
shi.ya.ku.sho.ni.i.ku.to./i.tsu.mo.ki.bu.n.ga./wa.ru.ku.na.ru.
每次去市公所，都讓我心情變得很糟。

Ⓐ待（ま）たされるから？

ma.ta.sa.re.ru.ka.ra.

因為每次要等很久的關係嗎？

Ⓑそれもあるけど。なんと言（い）っても、窓口（まどぐち）の応対（おうたい）がとにかく感（かん）じが悪（わる）くて。

so.re.mo.a.ru.ke.do./na.n.to.i.tte.mo./ma.do.gu.chi.no.o.u.ta.i.ga./to.ni.ka.ku./ka.n.ji.ga.wa.ru.ku.te.

這也是一個原因。不過最主要還是因為接待窗口的人態度很差。

Ⓐわかる！わかる！それはむかつくよなあ。

wa.ka.ru./wa.ka.ru./so.re.wa./mu.ka.tsu.ku.yo.na.a.

我懂我懂！那真令人火大。

應用句

☞何（なん）だよ、その態度（たいど）は！むかつく！

na.n.da.yo./so.no.ta.i.do.wa./mu.ka.tsu.ku.

你這什麼態度，真讓人火大！

☞腹（はら）立つ！

ha.ra.ta.tsu.

真氣人！

☞うんざりします。

u.n.za.ri.shi.ma.su.

煩死了。

☞もういいよ。

mo.u.i.i.yo.

夠了！

☞ 黙(だま)れ！

da.ma.re.

閉嘴！

☞ ああ、もう。

a.a./mo.u.

真是夠了。

☞ 最低(さいてい)！

sa.i.te.i.

真差勁！

☞ ふざけんな。

fu.za.ke.n.na.

開什麼玩笑！

☞ いいかげんにしろ。

i.i.ka.ge.n./ni.shi.ro.

適可而止！

☞ バカにするな。

ba.ka.ni./su.ru.na.

少瞧不起人！

☞ 話(はな)しかけるな。

ha.na.shi./ka.ke.ru.na.

別和我講話！

高興

嬉しいです。

u.re.shi.i.de.su.

真開心。

說明

表示開心時用「嬉しい」。

會話

Ⓐ今日も綺麗だよね。

kyo.u.mo.ki.re.i.da.yo.ne.

你今天也很漂亮。

Ⓑ嬉しい！褒めてくれてありがとう。

u.re.shi.i./ho.me.te.ku.re.te./a.ri.ga.to.u.

好開心啊！謝謝你稱讚我。

會話

Ⓐ田中さんはいつも嬉しそうですね。

ta.na.ka.sa.n.wa./i.tsu.mo.u.re.shi.so.u.de.su.ne.

田中先生看起來一直都很開心。

Ⓑ新しい彼女ができたそうですよ。

a.ta.ra.shi.i.ka.no.jo.ga./de.ki.ta.so.u.de.su.yo.

好像是因為交了新女友。

•track 110

應用句

☞ うそでも嬉(うれ)しい。

u.so.de.mo.u.re.shi.i.

我很開心。

☞ ヤッター。

ya.tta.a.

太好了。

☞ 最高(さいこう)。

sa.i.ko.u.

太棒了。

☞ 良(よ)かった。

yo.ka.tta.

幸好。(鬆了一口氣時)/太好了。

track 111~112

厭煩

もう嫌(いや)だよ。

mo.u./i.ya.da.yo.

好煩喔！

說明

表示討厭的事情一再重複，已經覺得厭煩了。

會話

Ⓐ ちょっと手伝(てつだ)ってくれない？

cho.tto./te.tsu.da.tte.ku.re.na.i.

可以幫我整理一下嗎？

Ⓑ また？もう嫌(いや)だよ。

ma.ta./mo.u./i.ya.da.yo.

又來了？好煩喔！

應用句

☞ 嫌(いや)です

i.ya.de.su.

我不要。

•track 113

受到驚嚇

びっくりした。

bi.kku.ri.shi.ta.

嚇一跳。

說　明

這個關鍵字是「嚇一跳」的意思。被人、事、物嚇了一跳時，可以說「**びっくりした**」來表示內心的驚訝。

會　話

Ⓐ サプライズ！

sa.pu.ra.i.zu.

大驚喜！

Ⓑ わ、びっくりした。

wa./bi.kku.ri.shi.ta.

哇，嚇我一跳。

會　話

Ⓐ あらっ！

a.ra.

(電梯中)啊！

Ⓑ いっぱいですから、次(つぎ)のにしましょうか？

i.ppa.i.de.su.ka.ra./tsu.gi.no.ni./shi.ma.sho.u.ka.

人已經滿了，坐下一班吧！

Ⓐ ええ。

e.e.

好。

Ⓑ またすぐ来(き)ますから。

ma.ta.su.gu.ki.ma.su.ka.ra.

下一班很快就會來了。

Ⓐ それにしても、あのブザーの音(おと)を聞(き)いて恥(は)ずかしかったですね。

so.re.ni.shi.te.mo./a.no.bu.za.a.no.o.to.o.ki.i.te./ha.zu.ka.shi.ka.tta.de.su.ne.

雖然這樣，但是聽到超重的鈴聲響起還是很丟臉。

Ⓑ そうですね。びっくりしました。

so.u.de.su.ne./bi.kku.ri.shi.ma.shi.ta.

就是說啊，嚇了我一跳。

會 話

Ⓐ あっ！田中(たなか)さん！待(ま)って！

a./ta.na.ka.sa.n./ma.tte.

啊！田中先生，等一下！

Ⓑ おっ！びっくりしました。何(なに)か？

o./bi.kku.ri.shi.ma.shi.ta./na.ni.ka.

喔，嚇我一跳。有什麼事？

●track 114

應用句

☞ 驚（おどろ）いた。

o.do.ro.i.ta.

真是訝異！

☞ 嚇（おど）かしすぎだって。

o.do.ka.shi.su.gi.da.tte.

嚇我一跳！

☞ びっくりさせないでよ。

bi.kku.ri.sa.se.na.i.de.yo.

別嚇我。

問職業

お仕事(しごと)は？

o.shi.go.to.wa.

請問你的職業是？

說 明

詢問對方的職業時可以用「お仕事は」來詢問。這個用法和詢問名字時用的「お名前は」相同。

會 話

Ⓐ お仕事(しごと)は？

o.shi.go.to.wa.

請問你的職業是？

Ⓑ 弁護士(べんごし)です。

be.n.go.shi./de.su.

我是律師。

應用句

☞ 今何(いまなに)されているんですか

i.ma./na.ni./sa.re.te.i.ru.n./de.su.ka.

請問你的工作是？

●track 116

久別重逢

お久しぶりです。
o.hi.sa.shi.bu.ri.de.su.
好久不見。

說 明

在和對方久別重逢時，見面時可以用這句，表示好久不見。

會 話

Ⓐ こんにちは。お久しぶりです。
ko.n.ni.chi.wa./o.hi.sa.shi.bu.ri.de.su.
你好。好久不見。

Ⓑ あら、小林さん。お久しぶりです。お元気ですか？
a.ra./ko.ba.ya.shi.sa.n./o.hi.sa.shi.bu.ri.de.su./o.ge.n.ki.de.su.ka.
啊，小林先生。好久不見了。近來好嗎？

會 話

Ⓐ 久しぶり。
hi.sa.shi.bu.ri.
好久不見。

•track 116

Ⓑ いや、久(ひさ)しぶり。元気(げんき)？

i.ya./hi.sa.shi.bu.ri./ge.n.ki.

嘿！好久不見。近來好嗎？

應用句

☞ お元気(げんき)ですか？

o.ge.n.ki.de.su.ka.

近來好嗎？

☞ ご無沙汰(ぶさた)しております。

go.bu.sa.ta./shi.te./o.ri.ma.su.

好久不見。（較正式）

☞ ご無沙汰(ぶさた)です。

go.bu.sa.ta./de.su.

好久不見。

● track 117

問興趣

どんな趣味(しゅみ)をお持(も)ちですか？
do.n.na./shu.mi.o./o.mo.chi./de.su.ka.
請問你的興趣是什麼呢？

說　明

問別人的興趣時，可以用「どんな趣味をお持ちですか」。或者也可以用「暇なときに何していますか」來問對方有空時都從事什麼活動。

會　話

Ⓐ どんな趣味(しゅみ)をお持(も)ちですか
do.n.na./shu.mi.o./o.mo.chi./de.su.ka.
請問你的興趣是什麼呢？

Ⓑ 絵(え)が好(す)きですが、下手(へた)の横好(よこず)きです。
e.ga.su.ki.de.su.ga./he.ta.no.yo.ko.zu.ki.de.su.
我喜歡畫畫，但還不太拿手。

會　話

Ⓐ どんな趣味(しゅみ)をお持(も)ちですか
do.n.na./shu.mi.o./o.mo.chi./de.su.ka.
請問你的興趣是什麼呢？

Ⓑ 音楽(おんがく)を聴(き)くことが好(す)きです。
o.n.ga.ku.o.ki.ku.ko.to.ga./su.ki.de.su.
我喜歡聽音樂。

Ⓐ そうですか？どんなジャンルの音楽(おんがく)が好(す)きですか？

so.u.de.su.ka./do.n.na.ja.n.ru.no.o.n.ga.ku.ga./su.ki.de.su.ka.

這樣啊，你喜歡什麼樣類型的音樂呢？

Ⓑ J-POPです。一番(いちばん)好(す)きなアーティストはミスチルです。

j.po.pu.de.su./i.chi.ba.n.su.ki.na.a.a.ti.su.to.wa./mi.su.chi.ru.de.su.

我喜歡日本流行音樂。最喜歡的歌手是Mr.Children。

應用句

☞ 前田(まえだ)さんの趣味(しゅみ)は何(なん)ですか？

ma.e.da.sa.n.no.shu.mi.wa./na.n.de.su.ka.

前田先生的興趣是什麼？

☞ 暇(ひま)なときに何(なに)してるの？

hi.ma.na.to.ki.ni./na.ni.shi.te.ru.no.

閒暇時都做些什麼？

●track 118

求助

助(たす)けてください。

ta.su.ke.te./ku.da.sa.i.

請幫幫我。／救命

說　明

遇到緊急的狀況，或是束手無策的狀態時，用「助けてください」可以表示自己的無助，以請求別人出手援助。

會　話

Ⓐ 誰(だれ)か助(たす)けてください！

da.re.ka.ta.su.ke.te./ku.da.sa.i.

救命啊！

Ⓑ どうしましたか？

do.u.shi.ma.shi.ta.ka.

發生什麼事了？

應用句

☞ 助(たす)けて。

ta.su.ke.te.

救救我。

☞ 誰(だれ)か！

da.re.ka.

救命啊！

要求對方

おし
教えてください。

o.shi.e.te.ku.da.sa.i.

請告訴我。／請教我。

説　明

需要別人幫助的時候，用「～てください」的句型，是請對方幫忙做某件事之意。

會　話

Ⓐ この部分(ぶぶん)、ちょっとわからないので、教(おし)えてください。

ko.no.bu.bu.n./cho.tto.wa.ka.ra.na.i.no.de./o.shi.e.te.ku.da.sa.i.

這部分我不太了解，可以請你告訴我嗎？

Ⓑ いいですよ。

i.i.de.su.yo.

好啊。

會　話

Ⓐ お名前(なまえ)を教(おし)えてください。

o.na.ma.e.o./o.shi.e.te./ku.da.sa.i.

請告訴我你的名字。

•track 119

Ⓑ田中次郎(たなかじろう)です。

ta.na.ka./ji.ro.u./de.su.

我叫田中次郎。

會　話

Ⓐこの機械(きかい)をどうやって動(うご)かすか教(おし)えてください。

ko.no.ki.ka.i.o./do.u.ya.tte.u.go.ka.su.ka./o.shi.e.te./ku.da.sa.i.

請教我怎麼操作這台機器。

Ⓑはい、まずは…。

ha.i./ma.zu.wa.

好的，首先是…。

應用句

☞手伝(てつだ)ってください。

te.tsu.da.tte./ku.da.sa.i.

請幫我。

track 120

慰勞問候

お疲（つか）れ様（さま）でした。

o.tsu.ka.re.sa.ma.de.shi.ta.

辛苦了。

說明

當工作結束後，或是在工作場合遇到同事、上司時，都可以用「お疲れ様」來慰問對方的辛勞。至於上司慰問下屬辛勞，則可以用「ご苦労様」「ご苦労様でした」「お疲れ」「お疲れさん」。對老師則是說「ありがとうございました」。

會話

Ⓐ ただいま戻（もど）りました。

ta.da.i.ma.mo.do.ri.ma.shi.ta.

我回來了。

Ⓑ おっ、お疲（つか）れ様（さま）でした。

o./o.tsu.ka.re.sa.ma.de.shi.ta.

喔，你辛苦了。

應用句

☞ お仕事（しごと）お疲（つか）れ様（さま）でした。

o.shi.go.to./o.tsu.ka.re.sa.ma.de.shi.ta.

工作辛苦了。

● track 120

☞ では、先に帰ります。お疲れ様でした。

de.wa./sa.ki.ni.ka.e.ri.ma.su./o.tsu.ka.re.sa.ma.de.shi.ta.

那麼，我先回家了。大家辛苦了。

☞ お疲れ様。お茶でもどうぞ。

o.tsu.ka.re.sa.ma./o.cha.de.mo.do.u.zo.

辛苦了。請喝點茶。

☞ ご苦労様でした。

go.ku.ro.u.sa.ma.de.shi.ta.

辛苦了。（上位者對下位者講）

●track 121

努力的決心

がんば
頑張ります。
ga.n.ba.ri.ma.su.
我會加油。

說 明

「頑張ります」是表示會努力做某件事情，宣示自己的決心。

會 話

せいいっぱいがんば
Ⓐ精一杯頑張ります。
se.i.i.ppa.i./ga.n.ba.ri.ma.su.
我會加油的。

がんば
Ⓑうん、頑張って！
u.n./ga.n.ba.tte.
嗯，加油！

會 話

がんば
Ⓐ頑張ってね。
ga.n.ba.tte.ne.
加油喔。

がんば
Ⓑはい。頑張ります。
ha.i./ga.n.ba.ri.ma.su.
好，我會加油的。

會 話

Ⓐ 新入社員にとって大変な一年でしょう。

shi.n.nyu.u.sha.i.n.ni./to.tte./ta.i.he.n.na./i.chi.ne.n./de.sho.u.

這一年對新人來說很辛苦吧。

Ⓑ はい。でも皆さんに色々教えてもらって、心から感謝します。来年も宜しくお願いします。

ha.i./de.mo./mi.na.sa.n.ni./i.ro.i.ro./o.shi.e.te./mo.ra.tte./ko.ko.ro.ka.ra./ka.n.sha.shi.ma.su./ra.i.ne.n.mo./yo.ro.shi.ku./o.ne.ga.i.shi.ma.su.

是啊，不過大家也教我很多。我很感謝大家。明年也請多指教。

Ⓐ 頑張ってくださいね。田中君の業績を期待していますよ。

ga.n.ba.tte./ku.da.sa.i.ne./ta.na.ka.ku.n.no./gyo.u.se.ki.o./ki.ta.i.shi.te./i.ma.su.yo.

加油喔，我很期待田中你的業績。

Ⓑ はい、頑張ります。

ha.i.ga.n.ba.ri.ma.su.

好，我會加油的。

應用句

☞ 今日から勉強を頑張ります。

kyo.u.ka.ra./be.n.kyo.u.o./ga.n.ba.ri.ma.su.

今天開始要努力念書！

送禮

大(たい)したものではないんですが。

ta.i.shi.ta.mo.no./de.wa./na.i.n./de.su.ga.

不成敬意。

說　明

送禮時自謙禮物只是小東西，就會說「大したものではないんですが」。

會　話

Ⓐ大(たい)したものではないんですが。どうぞ。

ta.i.shi.ta.mo.no./de.wa./na.i.n./de.su.ga./do.u.zo.

不成敬意。請收下。

Ⓑありがとうございます。

a.ri.ga.to.u./go.za.i.ma.su.

謝謝你。

應用句

☞つまらないものですが、どうぞ。

tsu.ma.ra.na.i.no.mo.de.su.ga./do.u.zo.

一點小意思，請笑納。

●track 123

秘密

ひみつ
秘密。

hi.mi.tsu.

秘密。

說 明

和人聊天時，要是自己說的這件事，是不能讓他人知道的，就可以向對方說「秘密です」，表示這件事可別輕易的說出去。

會 話

Ⓐ 誰と付き合ってるの？（だれ、つ、あ）

da.re.to./tsu.ki.a.tte.ru.no.

你和誰在交往？

Ⓑ 秘密です。（ひみつ）

hi.mi.tsu.de.su.

這是秘密。

會 話

Ⓐ 正解は何ですか？（せいかい、なん）

se.i.ka.i.wa./na.n.de.su.ka.

正確答案是什麼？

Ⓑ 言えませんよ。それは秘密です。（い、ひみつ）

i.e.ma.se.n.yo./so.re.wa./hi.mi.tsu.de.su.

不能說，這是秘密。

應用句

☞ 内緒だよ。

na.i.sho.da.yo.

不能說出去唷。

☞ 妻には内緒！

tsu.ma.ni.wa./na.i.sho.

別告訴我老婆。

☞ 誰にも言わないで

da.re.ni.mo./i.wa.na.i.de.

不要告訴任何人。

☞ しーっ！

shi.i.

噓！

● track 124

尋問狀況

どうしたの？

do.u.shi.ta.no.

怎麼了？

說　明

感覺到對方有什麼異狀，想關心對方的狀況時，就可以用這句話。這句話和「**どうしましたか**」是同樣的意思，「**どうしたの**」是用在跟和自己比較親近的人說話時用的，帶有比較關心的感覺。

會　話

Ⓐ今日（きょう）はきれいだね。どうしたの？デート？

kyo.u.wa./ki.re.i.da.ne./do.u.shi.ta.no./de.e.to.

今天真漂亮，今天要去約會嗎？

Ⓑ違（ちが）うよ。からかわないで。

chi.ga.u.yo./ka.ra.ka.wa.na.i.de.

哪有啊，別拿我開玩笑了。

會　話

Ⓐどうしたの？そんな暗（くら）い顔（かお）をして。

do.u.sh.ta.no./so.n.na./ku.ra.i.ka.o.o.shi.te.

怎麼了，臉色這麼陰沉。

Ⓑ ちょっとね。

cho.tto.ne.

有點事情。

會 話

Ⓐ もう！

mo.u.

真是的！

Ⓑ どうしたの？

do.u.shi.ta.no.

怎麼啦？

會 話

Ⓐ ああ、頭（あたま）に来（き）た。

a.a./a.ta.ma.ni./ki.ta.

真是的，氣死我了。

Ⓑ 落（お）ち着（つ）いて、どうしたの？

o.chi.tsu.i.te./do.u.shi.ta.no.

冷靜下來，怎麼了嗎？

應用句

☞ どうしたんですか？

do.u.shi.ta.n.de.su.ka.

怎麼了嗎？

• track 125

問動作

なに
何をしているんですか？
na.ni.o./shi.te.i.ru.n./de.su.ka.
你在做什麼？

說　明

不知對方在忙些什麼，或是想問對方正在幹嘛時，就可以用「何をしているんですか」來詢問。

會　話

Ⓐ 何(なに)をしているんですか？
na.ni.o./shi.te.i.ru.n./de.su.ka.
你在做什麼？

Ⓑ いや、なんでもありません。
i.ya./na.n.de.mo.a.ri.ma.se.n.
不，沒什麼。

會　話

Ⓐ 何(なに)をしているの？
na.ni.o./shi.te.i.ru.no.
你在幹嘛？

Ⓑ いや、別(べつ)に。
i.ya./be.tsu.ni.
沒有，沒什麼。

應用句

☞ 何を隠してるの？

na.ni.o./ka.ku.shi.te.ru.no.

你在藏什麼？

☞ 今どこで何をしているのか?

i.ma./do.ko.de./na.ni.o./shi.te.i.ru.no.ka.

現在在哪裡？做些什麼？

☞ 渋滞の先頭は何をしているのか?

ju.u.ta.i.no./se.n.to.u.wa./na.ni.o./shi.te.i.ru.no.ka.

(塞車的)車陣最前面是在做什麼？

track 126

幸災樂禍

いい気味(きみ)だ。

i.i.ki.mi.da.

活該。

說明

覺得對方的處境是罪有應得時，會說「いい気味だ」來說對方真是活該。

會話

Ⓐ 先生(せんせい)に怒(おこ)られた。

se.n.se.i.ni./o.ko.ra.re.ta.

我被老師罵了。

Ⓑ いい気味(きみ)だ。

i.i.ki.mi.da.

活該！

會話

Ⓐ 田中(たなか)が課長(かちょう)に注意(ちゅうい)されたそうだ。

ta.na.ka.ga./ka.cho.u.ni./chu.u.i.sa.re.ta.so.u.da.

聽說田中被課長罵了。

Ⓑ いい気味(きみ)だ！あの人(ひと)のことが大嫌(だいきら)いなの。

i.i.ki.mi.da./a.no.hi.to.no.ko.to.ga./da.i.ki.ra.i.na.no.

活該！我最討厭他了。

Ⓐ うん、私（わたし）も。気分（きぶん）がすっとしたよ。

u.n./wa.ta.shi.mo./ki.bu.n.ga.su.tto.shi.ta.yo.

我也是，這樣一來心情好多了。

應用句

☞ ほら、わたしの言（い）ったとおりでしょう？

ho.ra./wa.ta.shi.no.i.tta.to.o.ri.de.sho.u.

看吧，正如我說的吧！

☞ 自業自得（じごうじとく）だ。

ji.go.u.ji.to.ku.da.

自作自受。

•track 127

表示能力

簡単(かんたん)な会話(かいわ)しかできません。
ka.n.ta.n.na./ka.i.wa./shi.ka./de.ki.ma.se.n.
只會說簡單的會話。

說 明

「～しかできません」是表示只會做某件事，其他都辦不到，是能力有限之意。

會 話

Ⓐ ドイツ語(ご)で通訳(つうやく)できますか？
do.i.tsu.go.de./tsu.u.ya.ku./de.ki.ma.su.ka.
可以用德語口譯嗎？

Ⓑ いいえ、簡単な会話しかできません。
i.i.e./ka.n.ta.n.na./ka.i.wa./shi.ka./de.ki.ma.se.n.
不，我只會說簡單的會話。

應用句

☞ 今(いま)はもう祈(いの)ることしかできません。
i.ma.wa./mo.u./i.no.ru.ko.to./shi.ka./de.ki.ma.se.n.
現在除了祈禱什麼都辦不到。

☞ 平泳(ひらおよ)ぎしかできません。
hi.ra.o.yo.gi./shi.ka./de.ki.ma.se.n.
只會游自由式。

反論

それにしても。

so.re.ni.shi.te.mo.

即使如此。

說　明

談話時，本身持有不同的意見，但是對方的意見也有其道理時，可以用「**それにしても**」來表示，雖然你說的有理，但我也堅持自己的意見。另外自己對於一件事情已經有所預期，或者是依常理已經知道會有什麼樣的狀況，但結果卻比所預期的還要誇張嚴重時，就會用「**それにしても**」來表示。

會　話

Ⓐ 田中さん遅いですね。

ta.na.ka.sa.n./o.so.i.de.su.ne.

田中先生真慢啊！

Ⓑ 道が込んでいるんでしょう。

mi.chi.ga.ko.n.de.i.ru.n.de.sho.u.

應該是因為塞車吧。

Ⓐ それにしても、こんなに遅れるはずがないでしょう？

so.re.ni.sh.te.mo./ko.n.na.ni.o.ku.re.ru./ha.zu.ga.na.i.de.sho.u.

•track 128

即使如果，也不會這麼晚吧？

應用句

☞ 高(たか)いのは知(し)っていたが、それにしてもちょっと高(たか)すぎる。

ta.ka.i.no.wa./shi.tte.i.ta.ga./so.re.ni.shi.te.mo./cho.tto.ta.ka.su.gi.ru.

我原本就覺得可能會很貴，但即使如此也太貴了。

☞ それにしても寒(さむ)いなあ。

so.re.ni.shi.te.mo.sa.mu.i.na.a.

雖然有所準備，但也太冷了。

不甘心

悔しい！

ku.ya.shi.i.

真是不甘心！

說明

遇到了難以挽回的事情，要表示懊悔的心情，就用「**悔しい**」來表示。

會話

Ⓐあいつに負けてしまって、悔しい！

a.i.tsu.ni./ma.ke.te.shi.ma.tte./ku.ya.shi.i.

輸給那傢伙真是不甘心！

Ⓑ気にしないで、よくやったよ！

ki.ni.shi.na.i.de./yo.ku.ya.tta.yo.

別在意，你已經做得很好了！

會話

Ⓐはい、武志の負け。

ha.i./ta.ke.shi.no./ma.ke.

好，武志你輸了。

Ⓑわあ、悔しい！

wa.a./ku.ya.shi.i.

哇，好不甘心喔。

•track 129

應用句

☞ 悔(くや)しいです。

ku.ya.shi.i.de.su.

真不甘心！

☞ 情(なさ)けない。

na.sa.ke.na.i.

好丟臉。

☞ 残念(ざんねん)です。

za.n.ne.n.de.su.

太可惜了。

☞ 惜(お)しい。

o.shi.i.

可惜！

美好回憶

楽しかった。

ta.no.shi.ka.tta.

很開心。

説 明

「楽しかった」是用來表示愉快的經驗。這個字是過去式，也就是經歷了一件很歡樂的事或過了很愉快的一天後，會用這個字來向對方表示自己覺得很開心。

會 話

Ⓐ 北海道はどうでしたか？

ho.kka.i.do.u.wa./do.de.shi.ta.ka.

北海道的旅行怎麼樣呢？

Ⓑ 景色もきれいだし、食べ物もおいしいし、楽しかったです。

ke.shi.ki.mo.ki.re.i.da.shi./ta.be.mo.no.mo.o.i.shi.i.shi/ta.no.shi.ka.tta.de.su.

風景很漂亮，食物也很好吃，玩得很開心。

Ⓐ そうですか？うらやましいです。

so.u.de.su.ka./u.ra.ya.ma.shi.i.de.su.

是嗎，真是令人羨慕呢！

• track 130

會 話

Ⓐ 今日(きょう)は楽(たの)しかった。

kyo.u.wa./ta.no.shi.ka.tta.

今天真是開心。

Ⓑ うん、また一緒(いっしょ)に遊(あそ)ぼうね。

u.n./ma.ta.i.ssho.ni./a.so.bo.u.ne.

是啊，下次再一起玩吧！

應用句

☞ とても楽(たの)しかったです。

to.te.mo.ta.no.shi.ka.tta.de.su.

覺得十分開心。

☞ 今日(きょう)も一日(いちにち)楽(たの)しかった。

kyo.u.mo./i.chi.ni.chi./ta.no.shi.ka.tta.

今天也很開心。

催促

はや
早く！

ha.ya.ku.

快一點。

說明

「早く」是表示時間不夠了，催促對方動作快一點。

會話

Ⓐ そろそろ時間(じかん)だ。行(い)こうか？

so.ro.so.ro.ji.ka.n.da./i.ko.u.ka.

時間到了，走吧！

Ⓑ あ、ちょっと待(ま)って、傘(かさ)を忘(わす)れた。

a./cho.tto.ma.tte./ka.sa.o./wa.su.re.ta.

啊，再等一下，我忘了拿雨傘。

Ⓐ もう、早(はや)く！

mo.u./ha.ya.ku.

真是的，快一點啦！

會話

Ⓐ もう遅(おそ)いから早(はや)く寝(ね)ろ。

mo.u./o.so.i.ka.ra./ha.ya.ku.ne.ro.

已經很晚了，早點去睡！

●track 131

Ⓑ 分(わ)かったよ。

wa.ka.tta.yo.

我知道啦。

會 話

Ⓐ 朝(あさ)ですよ。早(はや)く起(お)きなさい。

a.sa.de.su.yo./ha.ya.ku.o.ki.na.sa.i.

早上了，快起來。

Ⓑ はい。

ha.i.

好。

會 話

Ⓐ 早(はや)くやってくれよ。

ha.ya.ku.ya.tte.ku.re.yo.

快點去做啦！

Ⓑ だって、本当(ほんとう)に暇(ひま)がないんですよ。

da.tte./ho.n.to.u.ni.hi.ma.ga./na.i.n.de.su.yo.

但是，我真的沒有時間嘛！

應用句

☞ 急(いそ)いでください。

i.so.i.de./ku.da.sa.i.

快一點。

☞ 早(はや)くしなさい。

ha.ya.ku.shi.na.sa.i.

請快點。

☞ 急（いそ）がないと。

i.so.ga.na.i.to.

不快一點的話來不及了。

☞ 急（いそ）いで。

i.so.i.de.

快一點！

• track 132

同情、可憐

かわいそう。

ka.wa.i.so.u.

真可憐。

說 明

「かわいそう」是可憐的意思，用來表達同情。「かわいい」和「かわいそう」念起來雖然只差一個音，但意思卻是完全相反。「かわいい」指的是很可愛，「かわいそう」卻是覺得對方可憐，可別搞錯囉！

會 話

Ⓐ今日（きょう）も残業（ざんぎょう）だ。

kyo.u.mo./za.n.gyo.u.da.

今天我也要加班。

Ⓑかわいそうに。無理（むり）しないでね。

ka.wa.i.so.u.ni./mu.ri.shi.na.i.de.ne.

真可憐，不要太勉強喔！

會 話

Ⓐ子供（こども）の頃（ころ）いつもイジメられていた。

ko.do.mo.no.ko.ro./i.tsu.mo.i.ji.me.ra.re.te.i.ta.

我小時候常常被欺負。

Ⓑ かわいそうに。

ka.wa.i.so.u.ni.

好可憐喔！

應用句

☞ そんなに犬をいじめてはかわいそうだ。

so.n.na.ni./i.nu.o.i.ji.me.te.wa./ka.wa.i.so.u.da.

這樣欺負小狗，牠很可憐耶！

☞ かわいそうに思う。

ka.wa.i.so.u.ni.o.mo.u.

好可憐。

• track 133

勸人冷靜

落ち着いて。
o.chi.tsu.i.te.
冷靜下來。

說 明

當對方心神不定，或是怒氣沖沖的時候，要請對方冷靜下來好好思考，可以說「落ち着いて」，而小朋友坐立難安，跑跑跳跳時，也可以用這句話請他安靜下來。此外也帶有「平息下來」的意思。

會 話

Ⓐ もう、これ以上我慢できない！
mo.u./ko.re.i.jo.u./ga.ma.n.de.ki.na.i.
我忍無可忍了！

Ⓑ 落ち着いてよ。怒っても何も解決しないよ。
o.chi.tsu.i.te.yo./o.ko.tte.mo./na.ni.mo./ka.i.ke.tsu.shi.na.i.yo.
冷靜點，生氣也不能解決問題啊！

應用句

☞ 落ち着いて話してください。
o.chi.tsu.i.te./ha.na.shi.te.ku.da.sa.i.
冷靜下來慢慢說。

☞ 落ち着いてください。

o.chi.tsu.i.te.ku.da.sa.i.

請冷靜一下！

☞ 愛ちゃん、落ち着きなさい。.

a.i.cha.n./o.chi.tsu.ki.na.sa.i.

小愛，請安靜下來。

☞ 落ち着けよ。

o.chi.tsu.ke.yo.

冷靜下來。

●track 134

轉換話題

ところで。

to.ko.ro.de.

對了。

說 明

和對方談論的話題到一個段論時，心中想要另外再討論別的事情時，就可以用「ところで」來轉移話題。

會 話

Ⓐ こちらは会議(かいぎ)の資料(しりょう)です。

ko.chi.ra.wa./ka.i.gi.no.shi.ryo.u.de.su.

這是會議的資料。

Ⓑ はい、分(わ)かりました。ところで、ヤマダ電機(でんき)の件(けん)、もうできましたか？

ha.i.wa.ka.ri.ma.shi.ta./to.ko.ro.de./ya.ma.da.de.n.ki.no.ke.n./mo.u.de.ki.ma.shi.ta.ka.

好的。對了，山田電機的案子完成了嗎？

會 話

Ⓐ ところで、鈴木君(すずきくん)に相談(そうだん)がある。

to.ko.ro.de./su.zu.ki.ku.n.ni./so.u.da.n.ga.a.ru.

對了，我有事想和鈴木你說。

Ⓑ はい、何(なん)ですか？

ha.i./na.n.de.su.ka.

什麼事情呢？

應用句

☞ ところで、彼女(かのじょ)は最近元気(さいきんげんき)ですか？

to.ko.ro.de./ka.no.jo.wa./sa.i.ki.n.ge.n.ki.de.su.ka.

對了，最近她還好嗎？

☞ ちなみに。

chi.na.mi.ni.

順帶一提。

☞ そういえば。

so.u.i.e.ba.

對了。

☞ さて。

sa.te.

那麼…

☞ で。

de.

那…／然後…

●track 135

算了、放棄

まあ、いっか。
ma.a./i.kka.
算了。

說 明

「まあ、いっか」是表示「算了」「不在乎」了的意思。也可以寫成「まあ、いいか」。

會 話

Ⓐ あれ？鍵(かぎ)がない！
a.re./ka.gi.ga.na.i.
啊，鑰匙忘了帶！

Ⓑ えっ！どうする？
e./do.u.su.ru.
那怎麼辦？

Ⓐ まあ、いっか。なくても大丈夫(だいじょうぶ)。行(い)こうか？
ma.a./i.kka./na.ku.te.mo.da.i.jo.u.bu./i.ko.u.ka.
算了，沒有也不要緊，走吧！

應用句

☞ 平気(へいき)です。
he.i.ki.de.su.
沒關係。

☞かまわない。

ka.ma.wa.na.i.

我不在乎！

☞まあ、いいか。

ma.a./i.i.ka.

算了。

☞しょうがないね。

sho.u.ga./na.i.ne.

沒辦法啊。

☞どうしようもないね。

do.u.shi.yo.u.mo./na.i.ne.

莫可奈何啊。

☞さあ、無理(むり)かもな。

sa.a./mu.ri.ka.mo.na.

不知道，應該不行吧。

•track 136

輕微歉意

わる
悪い。

wa.ru.i.

不好意思。／不好。

說明

「悪い」是不好的意思。可以用在形容人、事、物。但除此之外，向晩輩或熟人表示「不好意思」、「抱歉」的意思之時，也可以用「悪い」來表示。

會話

Ⓐ今日、送ってくれない？

kyo.u./o.ku.tte./ku.re.na.i.

今天可以送我一程嗎？

Ⓑいいよ。

i.i.yo.

好啊。

Ⓐ悪いね。

wa.ru.i.ne.

不好意思。

會話

Ⓐ悪いけど、先に帰るね。

wa.ru.i.ke.do./sa.ki.ni./ka.e.ru.ne.
不好意思，我先回去了。

Ⓑ うん、お疲(つか)れ。
u.n./o.tsu.ka.re.
好，辛苦了。

應用句

☞ わたしが悪(わる)いです。
wa.ta.shi.ga./wa.ru.i.de.su.
我錯了。

●track 137

不敢置信

うそでしょう？
u.so.de.sho.u.
不會吧？

說 明

對於另一方的說法或作法抱持著高度懷疑，感到不可置信的時候，可以用這句話來表示自己的驚訝，以再次確認對方的想法。

會 話

Ⓐ ダイヤリングをなくしちゃった。
da.i.ya.ri.n.gu.o./na.ku.shi.cha.tta.
我的鑽戒不見了！

Ⓑ うそでしょう？
u.so.de.sho.u.
不會吧？

會 話

Ⓐ 春日（かすが）さんが離婚（りこん）するそうだ。
ka.su.ga.sa.n.ga./ri.ko.n.su.ru.so.u.da.
春日先生好像要離婚了。

Ⓑ うそ！
u.so.
不會吧？

應用句

☞ マジで?

ma.ji.de.

真的嗎?

☞ うそだろう?

u.so.da.ro.u.

這是謊話吧?

☞ そんなのうそに決(き)まってんじゃん!

so.n.na.no.u.so.ni./ki.ma.tte.n.ja.n.

聽就知道一定是謊話。

● track 138

不清楚

さあ。

sa.a.

天曉得。／我也不知道。

說　明

當對方提出疑問，但自己也不知道答案是什麼的時候，可以一邊歪著頭，一邊說「さあ」，來表示自己也不懂。

會　話

Ⓐ 山田（やまだ）さんはどこへ行（い）きましたか？

ya.ma.da.sa.n.wa./do.ko.e.i.ki.ma.shi.ta.ka.

山田小姐去哪裡了？

Ⓑ さあ。

sa.

我也不知道。

會　話

Ⓐ これは誰（だれ）のバッグですか？

ko.re.wa./da.re.no./ba.ggu.de.su.ka.

這是誰的包包？

Ⓑ さあ。

sa.

我也不知道。

會 話

Ⓐ あの人(ひと)は誰(だれ)ですか？

a.no.hi.to.wa./da.re.de.su.ka.

那個人是誰？

Ⓑ さあ。

sa.a.

我不知道。

應用句

☞ 分(わ)かりません。

wa.ka.ri.ma.se.n.

我不知道這件事。

☞ よく分(わ)からない。

yo.ku.wa.ka.ra.na.i.

我不太清楚。

☞ さあ、知(し)らない。

sa.a./shi.ra.na.i.

天曉得。

☞ さあ、そうかもしれない。

sa.a./so.u.ka.mo.shi.re.na.i.

不知道，也許是這樣吧。

• track 139

兩者皆可

どっちでもいい。

do.cchi.de.mo.i.i.

都可以。／隨便。

說　明

這句話可以表示出自己覺得哪一個都可以。若是覺得很不耐煩時，也會使用這句話來表示「隨便怎樣都好，我才不在乎。」的意思，所以使用時，要記得注意語氣和表情。

會　話

Ⓐ ケーキとアイス、どっち食(た)べる？

ke.e.ki.to.a.i.su./do.cchi.ta.be.ru.

蛋糕和冰淇淋，你要吃哪一個？

Ⓑ どっちでもいい。

do.cchi.de.mo.i.i.

都可以。

會　話

Ⓐ 黒(くろ)と黄色(きいろ)、どっちを買(か)う？

ku.ro.to./ki.i.ro./do.cchi.o./ka.u.

黑色和黄色，要買哪個？

Ⓑ どっちでもいい。

do.cchi.de.mo.i.i.

哪個都行。

應用句

☞ どちらでもいいです。

do.chi.ra.de.mo.i.i.de.su.

哪個都行。

☞ どっちでもいいです。

ko.chi.de.mo.i.i.de.su.

哪個都好。

☞ どっちでもいいよ。

do.chi.de.mo.i.i.yo.

隨便啦！

● track 140

佩服

さすが。

sa.su.ga.

真不愧是。

說　明

當自己覺得對人、事、物感到佩服時，可以用來這句話來表示對方真是名不虛傳。

會　話

Ⓐ 篠原(しのはら)さん、このプレイヤーの使(つか)い方(かた)を教(おし)えてくれませんか？

shi.no.ha.ra.sa.n./ko.no.pu.re.i.ya.a.no./tsu.ka.i.ka.ta.o./o.shi.e.te.ku.re.ma.se.n.ka.

篠原先生，可以請你教我怎麼用這臺播放器嗎？

Ⓑ ああ、これは簡単(かんたん)です。このボタンを押(お)すと、再生(さいせい)が始(はじ)まります。

a.a./ko.re.wa.ka.n.ta.n.de.su./ko.no.bo.ta.n.o.o.su.to./sa.i.se.i.ga.ha.ji.ma.ri.ma.su.

啊，這個很簡單。先按下這個按鈕，就會開始播放了。

Ⓑ さすがですね。

sa.su.ga.de.su.ne.

真不愧是高手。

應用句

☞ さすが！

sa.su.ga.

名不虛傳！

☞ さすがプロです。

sa.su.ga.pu.ro.de.su.

果然很專業。

☞ さすが日本一(にほんいち)の名店(めいてん)です。

sa.su.ga./ni.ho.n.i.chi.no./me.i.te.n.de.su.

真不愧是日本第一的名店。

☞ さすが本場(ほんば)の味(あじ)は違(ちが)うね。

do.o.ri.de./sa.su.ga.ho.n.ba.no.a.ji.wa./chi.ga.u.ne.

正統的口味就是不一樣。

●track 141

時間到了

そろそろ。

so.ro.so.ro.

差不多了。

說　明

當預定做一件事的時間快到了，或者是事情快要完成時，可以用「**そろそろ**」表示一切都差不多了，可以進行下一步了。

會　話

Ⓐ そろそろ行(い)きましょうか？

so.ro.so./ro.i.ki.ma.sho.u.ka.

該走了。

Ⓑ わたしに構(かま)わないで先(さき)に行(い)ってください。

wa.ta.shi.ni./ka.ma.wa.na.i.de./sa.ki.ni.i.tte./ku.da.sa.i.

別在意我，你先走吧！

會　話

Ⓐ じゃ、そろそろ帰(かえ)ります。

ja./so.ro.so.ro.ka.e.ri.ma.su.

那麼，我要回去了。

Ⓑ はい、また来(き)てね。

ha.i./ma.ta.ki.te.ne.

好，要再來玩喔。

會 話

Ⓐ そろそろ時間(じかん)です。じゃ、行(い)ってきます。

so.ro.so.ro.ji.ka.n.de.su./ja./i.tte.ki.ma.su.

時間差不多了，我要出發了。

Ⓑ 行(い)ってらっしゃい。何(なに)かあったら、メールしてください。

i.tte.ra.ssha.i./na.ni.ka.a.tta.ra./me.e.ru.shi.te.ku.da.sa.i.

請慢走。有什麼事的話，請寫mail告訴我。

應用句

☞ そろそろ行(い)かなくちゃ。

so.ro.so.ro.i.ka.na.ku.cha.

差不多該走了。

☞ そろそろ四十(よんじゅう)です。

so.ro.so.ro.yo.n.ju.u.de.su.

快四十歲了。

☞ そろそろ時間(じかん)だ。行(い)こうか。

so.ro.so.ro.ji.ka.n.da./i.ko.u.ka.

時間到了，走吧！

• track 142

從容

余裕だ

yo.yu.u.da.

輕而易舉。／游刃有餘。

說 明

表示從容不迫，可以用來形容時間、能力。

會 話

Ⓐもうこんな時間だ！早く！

mo.u.ko.n.na.ji.ka.n.da./ha.ya.ku.

已經這麼晚了！快點！

Ⓑまだ余裕だろう？

ma.da.yo.yu.u.da.ro.u.

現在還很早吧？

Ⓐ余裕？もう十時だよ！

yo.u./mo.u.ju.u.ji.da.yo.

還早？現在十點了！

會 話

Ⓐ一人で持つのは大丈夫？

hi.to.ri.de.mo.tsu.no.wa./da.jo.u.bu.

你一個人拿沒問題嗎？

Ⓑ これぐらいまだ余裕(よゆう)だ。

ko.re.gu.ra.i./ma.da.yo.yu.u.da.

這點東西太容易了。

應用句

☞ 楽勝(らくしょう)だ。

ra.ku.sho.u.da.

沒問題。

☞ 朝(あさ)めし前(まえ)だ。

a.sa.me.shi.ma.e.da.

小事一樁。

• track 143

巧合

偶然(ぐうぜん)ですね。

gu.u.ze.n.de.su.ne.

真是碰巧啊。

說　明

在路上和人巧遇，或者是聊天時發覺有共同的經驗，就可以用「偶然ですね」來表示「還真巧啊！」的意思。

會　話

Ⓐ今日(きょう)は妹(いもうと)の誕生日(たんじょうび)なんです。

kyo.u.wa./i.mo.u.to.no./ta.n.jo.u.bi.na.n.de.su.

今天是我妹的生日。

Ⓑえっ、わたしも二十日(はつか)生まれです。偶然(ぐうぜん)ですね。

e./wa.ta.shi.mo.ha.tsu.ka.u.ma.re.de.su./gu.u.ze.n.de.su.ne.

我也是二十日生日耶！真巧。

應用句

☞偶然(ぐうぜん)だね。

gu.u.ze.n.da.ne.

真巧。

•track 143

☞ 偶然ある考えが浮かんだ。

gu.u.ze.n./a.ru.ka.n.ga.e.ga./u.ka.n.da.

靈光一現。

☞ バッタリ遭遇。

ba.tta.ri.so.u.gu.u.

碰巧遇上。

☞ たまたま。

ta.ma.ta.ma.

碰巧。

☞ ちょうどよかった。

cho.u.do./yo.ka.tta.

正好。

☞ 都合よく。

tsu.go.u.yo.ku.

正好。

• track 144

問時間（1）

何時(なんじ)ですか？

na.n.ji.de.su.ka.

幾點呢？

說　明

詢問時間、日期的時候，可以用「**いつ**」。而只想要詢問時間是幾點的時候，也可以使用「何時」，來詢問確切的時間。

會　話

Ⓐ 今何時(いまなんじ)ですか？

i.ma.na.n.ji.de.su.ka.

現在幾點了？

Ⓑ 八時十分前(はちじじゅっぷんまえ)です。

ha.chi.ji./ju.ppu.n.ma.e.de.su.

七點五十分了。

會　話

Ⓐ 来週(らいしゅう)の会議(かいぎ)は何曜日(なんようび)ですか？

ra.i.shu.u.no.ka.gi.wa./na.n.yo.u.bi.de.su.ka.

下週的會議是星期幾？

Ⓑ 金曜日(きんようび)です。

ki.n.yo.u.bi.de.su.

星期五。

Ⓐ 何時からですか？

na.n.ji.ka.ra.de.su.ka.

幾點開始呢？

Ⓑ 九時十五分からです。

ku.ji./ju.u.go.fu.n.ka.ra.de.su.

九點十五分開始。

Ⓐ 分かりました。ありがとう。

wa.ka.ri.ma.shi.ta./a.ri.ga.to.u.

知道了，謝謝。

會話

Ⓐ 今日のパーティー、一緒に来ませんか？

kyo.u.no.pa.a.ti.i./i.ssho.ni./ki.ma.se.n.ka.

你要不要參加今天的派對？

Ⓑ いいですね。何時ですか？

i.i.de.su.ne./na.n.ji.de.su.ka.

好啊，幾點呢？

Ⓐ 七時です。

shi.chi.ji.de.su.

七點。

應用句

☞ 仕事は何時からですか？

shi.go.to.wa./na.n.ji.ka.ra.de.su.ka.

工作是幾點開始？

• track 144

☞何時(なんじ)の便(びん)ですか？

na.n.ji.no.bi.n.de.su.ka.

幾點的飛機？

☞チェックアウトは何時(なんじ)ですか？

cye.kku.a.u.to.wa./na.n.ji.de.su.ka.

何時需要退房呢？

☞何時(なんじ)から何時(なんじ)までですか？

na.n.ji.ka.ra./na.n.ji.ma.de./de.su.ka.

幾點到幾點呢？

☞何時何分(なんじなんぷん)ですか？

na.n.ji.na.n.bu.n.de.su.ka.

幾點幾分呢？

問時間（2）

いつ？

i.tsu.

什麼時候？

說　明

想要向對方確認時間、日期的時候，用這個關鍵字就可以順利溝通了。

會　話

Ⓐ来月のいつ都合がいい？

ra.i.ge.tsu.no.i.tsu./tsu.go.u.ga.i.i.

下個月什麼時候有空？

Ⓑ週末だったらいつでも。

shu.u.ma.tsu.da.tta.ra./i.tsu.de.mo.

如果是週末的話都可以。

會　話

Ⓐ結婚記念日はいつ？

ke.kko.n.ki.ne.n.bi.wa./i.tsu.

你的結婚紀念日是哪一天？

Ⓑ来週の金曜日。

ra.i.shu.u.no./ki.n.yo.u.bi.

下星期五。

●track 145

會 話

Ⓐ いつ台湾(たいわん)に来(き)ましたか？

i.tsu.te.i.wa.n.ni./ki.ma.shi.ta.ka.

你是什麼時候來台灣的？

Ⓑ 三ヶ月前(さんかげつまえ)です。

sa.n.ka.ge.tsu.ma.e.de.su.

三個月前來的。

會 話

Ⓐ 予約(よやく)をお願(ねが)いします。

yo.ya.ku.o./o.ne.ga.i.shi.ma.su.

麻煩你，我想要預約。

Ⓑ いつのお泊(とま)りですか？

i.tsu.no./o.to.ma.ri.de.su.ka.

要預約哪一天呢？

Ⓐ 十二日(じゅうににち)から十四日(じゅうよっか)までです。

ju.u.ni.ni.chi.ka.ra./ju.u.yo.kka.ma.de.de.su.

我想預約十二日到十四日。

Ⓑ かしこまりました。シングルですか、ツインですか？

ka.shi.ko.ma.ri.ma.shi.ta./shi.n.gu.ru.de.su.ka./tsu.i.n.de.su.ka.

好的。請問是要單人房還是雙人房。

Ⓑ シングルをお願(ねが)いします。

shi.n.gu.ru.o./o.ne.ga.i.shi.ma.su.

我要單人房。

應用句

☞ いつでも構(かま)わないよ。

i.tsu.de.mo.ka.ma.wa.na.i.yo.

隨時都可以。

☞ いつ帰(かえ)りますか？

i.tsu.ka.e.ri.ma.su.ka.

何時回去？

☞ お誕生日(たんじょうび)はいつですか？

o.ta.n.jo.u.bi.wa./i.tsu.de.su.ka.

生日是什麼時候？

☞ いつからですか？

i.tsu.ka.ra.de.su.ka.

什麼時候開始？

•track 146

考慮

考え(かんが)とく。

ka.n.ga.e.to.ku.

我會考慮一下。

說　明

表示會仔細思考，或是需要再考慮。

會　話

Ⓐ 例(れい)の件(けん)、どう思(おも)う？一緒(いっしょ)にやろうか？

re.i.no.ke.n./do.u.o.mo.u./i.ssho.ni.ya.ro.u.ka.

上次那件事，你覺得怎麼樣？要不要一起做？

Ⓑ 考(かんが)えとく。

ka.n.ga.e.to.ku.

讓我想一想。

應用句

☞ もうちょっと時間(じかん)をください

mo.u.cho.tto./ji.ka.n.o./ku.da.sa.i.

給我些時間。

☞ じゃあ、ちょっと考(かんが)えます。

ja.a./cho.tto./ka.n.ga.e.ma.su.

那我再考慮一下。

難為情

恥（は）ずかしい。

ha.zu.ka.shi.i.

真丟臉！

說明

做出丟臉的事情時，用來表示害羞難為情之意。

會話

Ⓐ どうしてパジャマを着（き）てる？

do.u.shi.te./pa.ja.ma.o.ki.te.ru.

你為什麼穿著睡衣？

Ⓑ あっ、恥（は）ずかしい！

a./ha.zu.ka.shi.i.

啊！好丟臉啊！

應用句

☞ 情（なさ）けない。

na.sa.ke.na.i.

真難為情。

☞ 赤面（せきめん）の至（いた）りだ。

se.ki.me.n.no.i.ta.ri.

真讓人臉紅。

● track 147

不妙

しまった。

shi.ma.tta.

糟了！

說　明

做了一件蠢事，或是發現忘了做什麼時，可以用這個關鍵字來表示。相當於中文裡面的「糟了」、「完了」。

會　話

Ⓐ 今日(きょう)はいい天気(てんき)だね。

kyo.u.wa./i.i.te.n.ki.da.ne.

今天真是好天氣。

Ⓑ そうだね。会社(かいしゃ)休(やす)んで遊(あそ)びたいなあ。

so.u.da.ne./ka.i.sha.ya.su.n.de./a.so.bi.ta.i.na.a.

就是說啊，真想要請假出去玩。

Ⓐ でも、午後(ごご)の天気(てんき)が荒(あ)れるそうだね。

de.mo./go.go.no.te.n.ki.ga./a.re.ru.so.u.da.ne.

可是，聽說下午會變天。

Ⓐ 昨日(きのう)の天気予報(てんきよほう)がそう言(い)っていた。

ki.no.u.no.te.n.ki.yo.ho.u.ga./so.u.i.tte.i.ta.

對啊，昨天氣象預報這麼說。

Ⓑ しまった。今日傘を持ってきていない。

shi.ma.tta./kyo.u.ka.sa.o./mo.tte.ki.te.i.na.i.

糟了，我今天沒帶傘。

會 話

Ⓐ しまった！カレーに味醂を入れちゃった。

shi.ma.tta./ke.re.e.ni./mi.ri.n.o./i.re.cha.tta.

完了，我把味醂加到咖哩裡面了。

Ⓑ えっ！じゃあ、夕食は外で食べようか？

e./ja.a./yu.u.sho.ku.wa./so.to.de.ta.be.yo.u.ka.

什麼！那…，晚上只好去外面吃了。

應用句

☞ しまった！パスワードを忘れちゃった。

shi.ma.tta./pa.su.wa.a.do.o./wa.su.re.cha.tta.

完了！我忘了密碼。

☞ もうおしまいだ！

mo.u.o.shi.ma.i.da.

一切都完了！

☞ 最悪だ。

sa.i.a.ku.da.

真慘。

☞ どん底だ。

do.n.zo.ko.da.

到谷底了。

●track 148

無法形容

なんて言(い)うのかなあ。

na.n.te.i.u.no.ka.na.a.

該怎麼說？

說　明

不知道如何時容某件事情時，就用「**なんて言うのかなあ**」來表示難以形容的感覺。

會　話

Ⓐ恋愛(れんあい)ってどんな感(かん)じ？

re.n.a.i.tte./do.n.na.ka.n.ji.

談戀愛是什麼感覺呢？

Ⓑうん…なんて言(い)うのかなあ…。

u.n./na.n.te.i.u.no.ka.na.a.

嗯……該怎麼說呢？

應用句

☞なんて言(い)うかなあ？

na.n.te.i.u.ka.na.a.

該怎麼形容呢？

☞なんて言(い)うか？

na.n.te.i.u.ka.

該怎麼說？

被誤解

違(ちが)います。

chi.ga.i.ma.su.

不是這樣的。

說　明

遇到了對方有所誤會的時候，就用「違います」來表示「不是這樣的」。

會　話

Ⓐ 秋山(あきやま)さんはわたしのことが嫌(きら)いでしょう？

a.ki.ya.ma.sa.n.wa./wa.ta.shi.no.ko.to.ga./ki.ra.i.de.sho.u.

秋山先生你很討厭我吧？

Ⓑ いや、違(ちが)います。そんなことないですよ。

i.ya./chi.ga.i.ma.su./so.n.na.ko.to./na.i.de.su.yo.

不，你誤會我了。才沒這回事呢！

應用句

☞ 勘違(かんちが)いだ。

ka.n.chi.ga.i.da.

你搞錯了。

☞ そういう意味(いみ)じゃない。

so.u.i.u.i.mi.ja.na.i.

我不是這個意思。

• track 149

不想被打擾

ほっといて！
ho.tto.i.te.
離我遠一點！

説　明

「ほっといて」是要求自己一個人靜一靜的時候用的句子。

會　話

Ⓐ今日(きょう)、どこに行(い)ったの？
kyo.u./do.ko.ni.i.tta.no.
你今天要去哪裡？

Ⓑうるさいなあ、ほっといてくれよ。
u.ru.sa.i.na.a./ho.tto.i.te.ku.re.yo.
真囉嗦，別管我啦！

會　話

Ⓐ気分転換(きぶんてんかん)に映画(えいが)でもどう？
ki.bu.n.te.n.ka.n.ni./e.i.ga.de.mo.do.u.
為了轉換心情，我們去看電影吧？

Ⓑほっといて！今(いま)そんな気分(きぶん)じゃないの。
ho.tto.i.te./i.ma./so.n.na.ki.bu.n.ja.na.i.no.
離我遠一點！我現在沒那種心情。

應用句

☞ わたしにかまわないで。

wa.ta.shi.ni.ka.ma.wa.na.i.de.

別管我！

☞ 話(はな)しかけないで。

ha.na.shi.ka.ke.na.i.de.

別和我說話！

☞ うるさいなあ、放(ほう)っといてくれよ。

u.ru.sa.i.na.a./ho.u.tto.i.te.ku.re.yo.

真囉嗦，別管我啦！

●track 150

嘗試

してみたい。

shi.te.mi.ta.i.

想試試。

說　明

表明對某件事躍躍欲試的狀態，可以用「してみたい」來表示自己想要參與。

會　話

Ⓐ 一人旅(ひとりたび)をしてみたいなあ。

hi.to.ri.ta.bi.o./shi.te.mi.ta.i.na.a.

想試試看一個人旅行。

Ⓑ わたしも。

wa.ta.shi.mo.

我也是。

應用句

☞ やってみたいです。

ya.tte.mi.ta.i.

想試試。

☞ 参加(さんか)してみたい。

sa.n.ka.shi.te.mi.ta.i.

想參加看看。

☞ 体験(たいけん)してみたいです。

ta.i.ke.n.shi.te.mi.ta.i.de.su.

想體驗看看。

☞ 日本(にほん)へ行(い)ってみたい。

ni.ho.n.e./i.tte.mi.ta.i.

想去日本看看。

☞ 挑戦(ちょうせん)してみたい。

cho.u.se.n.shi.te./mi.ta.i.

想挑戰看看。

☞ 一度料理(いちどりょうり)を作(つく)ってみたいです。

i.chi.do./ryo.u.ri.o./tsu.ku.tte./mi.ta.i.de.su.

想試著做一次菜。

☞ 自分(じぶん)で服(ふく)を作(つく)ってみたい。

ji.bu.n.de./fu.ku.o./tsu.ku.tte./mi.ta.i.

想試著自己做衣服。

☞ 空(そら)を飛(と)んでみたいです。

so.ra.o./to.n.de./mi.ta.i.de.su.

想在天空飛看看。

•track 151

總會

なんとかなる。

na.n.to.ka.na.ru.

船到橋到自然直。

說 明

「なんとか」原本的意思是「某些」「之類的」之意，在會話中使用時，是表示事情「總會有些什麼」、「總會有結果」的意思。

會 話

Ⓐ明日（あした）はテストだ。勉強（べんきょう）しなくちゃ。

a.shi.ta.wa.te.su.to.da./be.n.kyo.u.shi.na.ku.cha.

明天就是考試了，不用功不行。

Ⓑなんとかなるから、大丈夫（だいじょうぶ）だ。

na.n.to.ka.na.ru.ka.ra./da.i.jo.u.bu.da.

船到橋到自然直，自然有辦法的，沒關係。

應用句

☞何（なん）とかなります。

na.n.to.ka./na.ri.ma.su.

總會有辦法的。

幸運

ラッキー！

ra.kki.i.

真幸運。

說明

用法和英語中的「lucky」的意思一樣。遇到了自己覺得幸運的事情時，就可以使用。

會話

Ⓐ ちょうどエレベーターが来(き)た。行(い)こうか。

cho.u.do.e.re.be.e.ta.a.ga.ki.ta./i.ko.u.ka.

剛好電梯來了，走吧！

Ⓑ ラッキー！

ra.kki.i.

真幸運！

應用句

☞ ラッキーな買(か)い物(もの)をした。

ra.kki.i.na.ka.i.mo.no.o./shi.ta.

很幸運買到好多西。

☞ 今日(きょう)のラッキーカラーは緑(みどり)です。

kyo.u.ni./ra.kki.i.ka.ra.a.wa./mi.do.ri.de.su.

今天的幸運色是綠色。

●track 151

☞ついてる。

tsu.i.te.i.ru.

真走運！

☞運（うん）がいいね。

u.n.ga.i.i.ne.

運氣真好。

☞助（たす）かりました。

ta.su.ka.ri.ma.shi.ta.

得救了。

☞よかった！

yo.ka.tta.

太好了！

鬆口氣

ほっとした。

ho.tto.shi.ta.

鬆了一口氣。

說明

對於一件事情曾經耿耿於懷、提心吊膽，但獲得解決後，放下了心中的一塊大石頭，就可以說這句「ほっとした」，來表示鬆了一口氣。

會話

Ⓐ 先生(せんせい)と相談(そうだん)したら、なんかほっとした。

se.n.se.i.to.so.u.da.n.shi.ta.ra./na.n.ka.ho.tto.shi.ta.

和老師談過之後，覺得輕鬆多了。

Ⓑ よかったね。

yo.ka.tta.ne.

那真是太好了。

應用句

☞ 里香(りか)ちゃんの笑顔(えがお)に出会(であ)うとほっとします。

ri.ka.cha.n.no./i.ga.o.ni.de.a.u.to./ho.tto.shi.ma.su.

看到里香你的笑容就覺得鬆了一口氣。

●track 153

找到東西

あった。

a.tta.

有了！

說　明

突然想起一件事，或是尋獲了正在找的東西時，可以用這句話。「**あった**」是「有」的過去式，所以要說「過去有……」時，也可以使用。

會　話

Ⓐ えっ！財布（さいふ）がない！

e./sa.i.fu.ga.na.i.

咦？錢包不見了。

Ⓑ へえ？

he.e.

什麼？

Ⓐ あ、あった、あった。バッグのそこのほうに。

a./a.tta./a.tta./ba.ggu.no.so.ko.no.ho.u.ni.

啊，有了有了，在包包的最下面。

應用句

☞ 見（み）つかった。

mi.tsu.ka.tta.

找到了。

☞ 見(み)つかりました。

mi.tsu.ka.ri./ma.shi.ta.

找到了。

☞ ここだ。

ko.ko.da.

在這裡。

☞ あ、ありました。

a./a.ri.ma.shi.ta.

啊，找到了。

☞ ここにいたんだ。

ko.ko.ni.i.ta.n.da.

原來你在這裡啊。

☞ あ、来(き)たきた。

a./ki.ta.ki.ta.

啊，來了來了。

• track 154

抗議（1）

ひどい。

hi.do.i.

真過份！／很嚴重。

說明

當對方做了很過份的事，或說了十分傷人的話，要向對方表示抗議時，就可以用「**ひどい**」來表示。另外也可以用來表示事情嚴重的程度，像是雨下得很大，房屋裂得很嚴重之類的。

會話

Ⓐ 人(ひと)の悪口(わるくち)を言(い)うなんて、ひどい！

hi.to.no./wa.ru.ku.chi.o.i.u./na.n.te./hi.do.i.

說別人壞話真是太過份了。

Ⓑ ごめん。

go.me.n.

對不起。

會話

Ⓐ この指輪(ゆびわ)、きれいでしょう？

ko.no.yu.bi.wa./ki.re.i.de.sho.u.

這個戒指很漂亮吧！

Ⓑ そんなもの、どうでもいいよ。

so.n.na.mo.no./do.u.de.mo.i.i.yo.

這種東西，隨便怎樣都好吧。

Ⓐ ひどい！これは私(わたし)の婚約指輪(こんやくゆびわ)よ。

hi.do.i./ko.re.wa./wa.ta.shi.no.ko.n.ya.ku.yu.bi.wa.yo.

好過份！這是我的婚戒耶！

會　話

Ⓐ どうしてそんなひどいことをしましたか？

do.u.shi.te./so.n.na.hi.do.i.ko.to.o./shi.ma.shi.ta.ka.

為什麼要做這個過份的事？

Ⓑ すみません、そういうつもりはありませんが、つい...。

su.mi.ma.se.n./so.u.i.u.tsu.mo.ri.wa./a.ri.ma.se.n.ga./tsu.i.

抱歉，我不是故意的，一不小心就…。

應用句

☞ 最低(さいてい)！

sa.i.te.i.

真可惡！

•track 155

抗議（2）

うるさい。

u.ru.sa.i.

很吵。／真囉唆。

說　明

覺得很吵，深受噪音困擾的時候，可以用這句話來形容嘈雜的環境。另外當受不了對方碎碎念，這句話也有「你很吵耶！」的意思。

會　話

Ⓐ 音楽(おんがく)の音(おと)がうるさいです。静(しず)かにしてください。

o.n.ga.ku.no.o.to.ga./u.ru.sa.i.de.su./shi.zu.ka.ni.shi.te./ku.da.sa.i.

音樂聲實在是太吵了，請小聲一點。

Ⓑ すみません。

su.me.ma.se.n.

對不起。

會　話

Ⓐ 今日(きょう)、どこに行(い)ったの？

kyo.u./do.ko.ni.i.tta.no.

你今天要去哪裡？

Ⓑ うるさいなあ。

u.ru.sa.i.na.a.

真囉唆！

應用句

☞ 黙(だま)って。

da.ma.tte.

閉嘴！

☞ うるさいです！

u.ru.sa.i.de.su.

你們太吵了！

☞ 静(しず)かにしてください。

shi.zu.ka.ni.shi.te.ku.da.sa.i.

請安靜！

☞ いやになった。

i.ya.ni.na.tta.

覺得厭煩。

☞ うんざりだ。

u.n.za.ri.da.

真是煩。

☞ めんどくさいなあ。

me.n.do.ku.sa.i.na.a.

真麻煩。

•track 156

抗議（3）

ずるい

zu.ru.i.

真奸詐。／真狡猾。

說 明

這句話帶有抱怨的意味，覺得對方做這件事真是狡猾，對自己來說實在不公平的時候，就可以用這句話來表示。

會 話

Ⓐ 先生の目を盗んで答案用紙を見せ合って答えを書いた。

se.n.se.i.no.me.o./nu.su.n.de./to.u.a.n.yo.u.shi.o./mi.se.a.tte.ko.ta.e.o./ka.i.ta.

我們趁老師不注意的時候，偷偷看了答案。

Ⓑ ずるい！

zu.ru.i.

真奸詐！

會 話

Ⓐ また宝くじが当たった！

ma.ta./ta.ka.ra.ku.ji.ga./a.ta.tta.

我又中彩券了！

Ⓑ 佐藤君（さとうくん）がうらやましいなあ！神様（かみさま）は本当（ほんとう）にずるいよ！

sa.to.u.ku.n.ga./u.ra.ya.ma.shi.i.na.a./ka.mi.sa.ma.wa./ho.n.to.u.ni./zu.ru.i.yo.

佐藤，我真羨慕你。老天爺也太狡猾不公平了吧！

應用句

☞ えげつない。

e.ge.tsu.na.i.

厚顏無恥。／討厭。

☞ それは反則（はんそく）だ。

so.re.wa./ha.n.so.ku.da.

犯規！

☞ ずうずうしい。

zu.u.zu.u.shi.i.

厚臉皮。

☞ あつかましい。

a.tsu.ka.ma.shi.i.

厚臉皮。

☞ 恥知（はじし）らず。

ha.ji.shi.ra.zu.

不知廉恥。

• track 157

抗議（4）

うそ
嘘つき。

u.so.tsu.ki.

騙子。

說明

日文「嘘」就是謊言的意思。「嘘つき」是表示說謊的人，也就是騙子的意思。如果遇到有人不守信用，或是不相信對方所說的話時，就可以用這句話來表示抗議。

會話

Ⓐ ごめん、明日（あした）、行（い）けなくなっちゃった。

go.me.n./a.shi.ta./i.ke.na.ku.na.ccha.tta.

對不起，明天我不能去了。

Ⓑ ひどい！パパの嘘（うそ）つき！

hi.do.i./pa.pa.no.u.so.tsu.ki.

真過份！爸爸你這個大騙子。

無聊

つまらない。

tsu.ma.ra.na.i.

真無趣。

說 明

形容人、事、物很無趣的時候，可以用這個關鍵字來形容。也可以用在送禮的時候，謙稱自己送的禮物只是些平凡無奇的小東西。

會 話

Ⓐ この番組(ばんぐみ)、面白(おもしろ)い？

mo.no.ba.n.gu.mi./o.mo.shi.ro.i.

這節目好看嗎？

Ⓑ ううん、すごくつまらない。

u.u.n.su.go.ku./tsu.ma.ra.na.i.

不、超無聊的。

會 話

Ⓐ 仕事(しごと)をやめたいなあ。

shi.go.to.o./ya.me.ta.i.na.a.

真想辭職。

Ⓑ またかよ？

ma.ta.ka.yo.

又來了。

●track 157

Ⓐだって、つまらないし、上司（じょうし）もうるさいし、もういやになっちゃった。

da.tte./tsu.ma.ra.na.i.shi./jo.u.shi.mo.u.ru.sa.i.shi./mo.u.i.ya.ni.na.ccha.tta./

因為這工作又無聊、上司又囉嗦，真的覺得很煩嘛！

Ⓑ文句（もんく）を言（い）うな。仕事（しごと）はみんなそうだ。

mo.n.ku.o.i.u.na./shi.go.to.wa./mi.n.na.so.u.da.

別抱怨了，工作都是這樣的。

Ⓐでも…。

de.mo.

可是。

應用句

☞退屈（たいくつ）だ。

ta.i.ku.tsu.da.

好無聊。

失望

がっかり。

ga.kka.ri.

真失望。

說 明

對人或事感覺到失望的時候，用來表現自己失望的情緒。

會 話

Ⓐ 合格（ごうかく）できなかった。がっかり。

go.u.ka.ku.de.ki.na.ka.tta./ga.kka.ri.

我沒有合格，真失望。

Ⓑ また次（つぎ）の機会（きかい）があるから、元気（げんき）を出（だ）して。

ma.ta./tsu.gi.no.ki.ka.i.ga./a.ru.ka.ra./ge.n.ki.o.da.shi.te.

下次還有機會，打起精神來。

會 話

Ⓐ ああ、彼女（かのじょ）にふられると思（おも）わなかった。

a.a./ka.no.jo.ni.fu.ra.re.ru.to.o.mo.wa.na.ka.tta.

沒想到會被女朋友給甩了。

Ⓑ がっかりするなよ、人生（じんせい）ってそんなもんではないでしょう？

•track 158

ga.kka.ri.su.ru.na.yo./ji.n.se.i.tte./so.n.na.mo.n.de.wa.
na.i.de.sho.u.
看開一點吧，人生不是只有戀愛吧！

應用句

☞がっかりした。
ga.kka.ri.shi.ta.
真失望。

☞がっかりするな。
ga.kka.ri.su.ru.na.
別失望。

☞がっかりな結果(けっか)。
ga.kka.ri.na.ke.kka.
令人失望的結果。

震驚

ショック。

sho.kku.

受到打擊。

説 明

受到了打擊而感到受傷，或是發生了讓人感到震憾的事情，都可以用這個關鍵字來表達自己嚇一跳、震驚、受傷的心情。

會 話

Ⓐ 恵美(えみ)、最近(さいきん)太(ふと)った？

e.mi./sa.i.ki.n./fu.to.tta.

惠美，你最近胖了嗎？

Ⓑ えっ！ショック！

e./sho.kku.

什麼！真受傷！

會 話

Ⓐ 課長(かちょう)に叱(しか)られた、ショック！

ka.cho.u.ni.shi.ka.ra.re.ta./sho.kku.

我被課長罵了，真受打擊！

Ⓑ それは自業自得(じごうじとく)だろう！

so.re.wa./ji.go.u.ji.to.ku.da.ro.u.

那是你自作自受！

•track 159

應用句

☞つらいショックを受(う)けた。

tsu.ra.i.sho.kku.o./u.ke.ta.

真是痛苦的打擊。

☞へえ？ショック！

he.e./sho.kku.

什麼？真是震驚。

☞ショックです。

sho.kku.de.su.

真是震驚。

認輸

まいった。

ma.i.tta.

甘拜下風。／敗給你了。

說　明

當比賽的時候想要認輸時，就可以用這句話來表示。另外拗不對方，不得已只好順從的時候，也可以用「**まいった**」來表示無可奈何。

會　話

Ⓐ まいったな。よろしく頼(たの)むしかないな。

ma.i.tta.na./yo.ro.shi.ku./ta.no.mu.shi.ka.na.i.na.

我沒輒了，只好交給你了。

Ⓑ 任(まか)せてよ！

ma.ka.se.te.yo.

交給我吧。

會　話

Ⓐ まいったなあ。わたしの負(ま)け。

ma.i.tta.na.a./wa.ta.shi.no.ma.ke.

敗給你了，我認輸。

Ⓑ やった！

ya.tta.

耶！

● track 160

應用句

☞ まいった！許(ゆる)してください。

ma.i.tta./yu.ru.shi.te./ku.da.sa.i.

我認輸了，請願諒我。

☞ ああ、痛(いた)い。まいった！

a.a./i.ta.i./ma.i.tta.

好痛喔，我認輸了。

☞ まいりました。

ma.i.ri.ma.shi.ta.

甘拜下風。

☞ 負(ま)けを認(みと)める。

ma.ke.o.mi.to.me.ru.

認輸。

進行中

話中（はなしちゅう）です。

ha.na.shi.chu.u.de.su.

通話中。

說 明

「～中」是代表處於某個狀態。「話中」就表示正在講話，也就是通話中的意思。當正在進行某件事或持續某種狀態的時候，就可以用這個關鍵字來表達。例如：「会議中です」。

會 話

Ⓐ 大田（おおた）ですが、鈴木（すずき）さんはいらっしゃいますか？

o.o.ta.de.su.ga./su.zu.ki.sa.n.wa./i.ra.ssha.i.ma.su.ka.

我是大田，請問鈴木先生在嗎？

Ⓑ すいませんが、彼（かれ）は今話中（いまはなしちゅう）です。

su.i.ma.se.n.ga./ka.re.wa./i.ma./ha.na.shi.chu.u.de.su.

不好意思，他現在電話中。

應用句

☞ 留守中（るすちゅう）なんです。

ru.su.chu.u.na.n.de.su.

不在家。

•track 161

☞ 予約受付中です。

yo.ya.ku./u.ke.tsu.ke.chu.u.de.su.

接受預約中。

☞ 営業中。

e.i.gyo.u.chu.u.

營業中。

☞ 発売中。

ha.tsu.ba.i.chu.u.

販賣中。

☞ 調査中。

cho.u.sa.chu.u.

調查中。

☞ 会議中。

ka.i.gi.chu.u.

會議中。

☞ 運転中。

u.n.te.n.chu.u.

駕駛中。

☞ 出張中。

shu.ccho.u.chu.u.

出差中。

☞ 食事中。

sho.ku.ji.chu.u.

用餐中。

不在意

構わない。
ka.ma.wa.na.i.
不在乎。

說 明

表示自己不在乎什麼事情的時候，可以用「**構わない**」來表示，說明自己並不介意，請對方也不要太在意。

會 話

Ⓐ 行きましょうか？
ro.i.ki.ma.sho.u.ka.
該走了。

Ⓑ わたしに構わないで先に行って。
wa.ta.shi.ni./ka.ma.wa.na.i.de./sa.ki.ni.i.tte.
別在意我，你先走吧！

會 話

Ⓐ 勉強しないの？
be.n.kyo.u.shi.na.i.no.
你不念書嗎？

•track 162

Ⓑうん、期末(きまつ)なんてちっともかまわないから。

u.n./ki.ma.tsu.na.n.te./chi.tto.mo.ka.ma.wa.na.i.ka.ra.

不念，期末考才沒什麼大不了的。

Ⓐそんな事言(ことい)うな。一緒(いっしょ)に頑張(がんば)ろう！

so.n.na.ko.to.i.u.na./i.ssho.ni.ga.n.ba.ro.u.

不要這麼說。一起加油吧！

應用句

☞タバコを吸(す)っても構(かま)いませんか？

ta.ba.ko.o./su.tte.mo./ka.ma.i.ma.se.n.ka.

可以吸煙嗎？

☞いつでも構(かま)わないよ。

i.tsu.de.mo.ka.ma.wa.na.i.yo.

隨時都可以。

打招呼

どうも。

do.u.mo.

你好。／謝謝。

說　明

和比較熟的朋友或是後輩，見面時可以用這句話來打招呼。向朋友表示感謝時，也可以用這句話。

會　話

Ⓐ そこのお皿(さら)を取(と)ってください。

so.ko.no.o.sa.ra.o./to.tte.ku.da.sa.i.

可以幫我那邊那個盤子嗎？

Ⓑ はい、どうぞ。

ha.i./do.u.zo.

在這裡，請拿去用。

Ⓐ どうも。

do.u.mo.

謝謝。

會　話

Ⓐ 空港(くうこう)までお迎(むか)えに行(い)きましょうか？

ku.u.ko.u.ma.de./o.mu.ka.e.ni.i.ki.ma.sho.u.ka.

我到機場去接你吧。

•track 163

Ⓑ どうもご親切(しんせつ)に。

do.u.mo.go.shi.n.se.tsu.ni.

謝謝你的好意。

會　話

Ⓐ これ、つまらない物(もの)ですが。

ko.re./tsu.ma.ra.na.i.mo.no.de.su.ga.

這個給你，一點小意思。

Ⓑ どうもわざわざありがとう。

do.u.mo./wa.za.wa.sa.a.ri.ga.to.u.

謝謝你的用心。

會　話

Ⓐ 関原(せきはら)さん、この間(あいだ)はどうも。

se.ki.ha.ra.sa.n./ko.no.a.i.da.wa./do.u.mo.

關原先生，上次謝謝你了。

Ⓑ いいえ、また機会(きかい)があったらぜひご一緒(いっしょ)しましょう。

i.i.e./ma.ta.ki.ka.i.ga./a.tta.ra./ze.hi.go.i.ssho.shi.ma.sho.u.

沒什麼，下次有機會的話我們再一起合作吧。

應用句

☞ どうも。

do.u.mo.

你好。／謝謝。

☞ この間(あいだ)はどうも。

ko.no.a.i.da.wa./do.u.mo.

前些日子謝謝你了。

☞ どうもご親切(しんせつ)に。

do.u.mo./go.shi.n.se.tsu.ni.

謝謝你的好意。

●track 164

祝福

よい一日(いちにち)を。
yo.i.i.chi.ni.chi.o.
祝你有美好的一天。

說　明

「**よい**」在日文中是「好」的意思，後面接上了「一日」就表示祝福對方能有美好的一天。

會　話

Ⓐでは、よい一日(いちにち)を。
de.wa./yo.i.i.chi.ni.chi.o.
那麼，祝你有美好的一天。

Ⓑよい一日(いちにち)を。
yo.i.i.chi.ni.chi.o.
也祝你有美好的一天。

會　話

Ⓐでは、また来週(らいしゅう)。よい週末(しゅうまつ)を。
de.wa./ma.ta./ra.i.shu.u./yo.i./shu.u.ma.tsu.o.
那就下週見，祝週末愉快。

Ⓑよい週末(しゅうまつ)を。
yo.i./shu.u.ma.tsu.o.
週末愉快。

應用句

☞ よい休日(きゅうじつ)を。

yo.i.kyu.u.ji.tsu.o.

祝你有個美好的假期。

☞ よいお年(とし)を。

yo.i.o.to.shi.o.

祝你有美好的一年。

☞ よい週末(しゅうまつ)を。

yo.i.shu.u.ma.tsu.o.

祝你有個美好的週末。

• track 165

社交問候

よろしく。

yo.ro.shi.ku.

請多照顧。／問好。

說 明

這句話含有「關照」、「問好」之意，所以可以用在初次見面時請對方多多指教包涵的情形。另外也可以用於請對方代為向其他人問好時。

會 話

Ⓐ 今日（きょう）の同窓会（どうそうかい）、行（い）かないの？

kyo.u.no./do.u.so.u.ka.i./i.ka.na.i.no.

今天的同學會，你不去嗎？

Ⓑ うん、仕事（しごと）があるんだ。みんなによろしく伝（つた）えて。

u.n./shi.go.to.ga./a.ru.n.da./mi.n.na.ni.yo.ro.shi.ku.tsu.ta.e.te.

是啊，因為我還有工作。代我向大家問好。

會 話

Ⓐ 今日（きょう）はよろしくお願（ねが）いします。

kyo.u.wa./yo.ro.shi.ku./o.ne.ga.i.shi.ma.su.

今天請多多指教。

Ⓑ こちらこそ、よろしく。

ko.chi.ra.ko.so./yo.ro.shi.ku.

彼此彼此，請多指教。

會 話

Ⓐ 今回(こんかい)のスピーチ大会(たいかい)、よろしくお願(ねが)いします。

ko.n.ka.i.no.su.pi.i.chi.da.i.ka.i./yo.ro.shi.ku.o.ne.ga.i.shi.ma.su.

這次的演講比賽，就拜託你了。

Ⓑ お任(まか)せください。

o.ma.ka.se.ku.da.sa.i.

交給我吧！

Ⓐ がんばってね。

ga.n.ba.tte.ne.

加油。

會 話

Ⓐ はじめまして、田中(たなか)さんの友人(ゆうじん)で、谷村(たにむら)と申(もう)します。

ha.ji.me.ma.shi.te./ta.na.ka.sa.n.no./yu.u.ji.n.de./ta.ni.mu.ra.to./mo.u.shi.ma.su.

初次見面，我是田中先生的朋友，敝姓谷村。

Ⓑ はじめまして、鈴木(すずき)と申(もう)します。

ha.ji.me.ma.shi.te./su.zu.ki.to./mo.u.shi.ma.su.

你好，我姓鈴木。

● track 165

Ⓐ よろしくお願(ねが)いします。

yo.ro.shi.ku./o.ne.ga.i.shi.ma.su.

請多指教。

Ⓑ こちらこそ、よろしくお願(ねが)いします。

ko.chi.ra.ko.so./yo.ro.shi.ku./o.ne.ga.i.shi.ma.su.

彼此彼此，請多指教。

應用句

☞ ご家族(かぞく)によろしくお伝(つた)えください。

go.ka.zo.ku.ni./yo.ro.shi.ku.o./tsu.da.e.te.ku.da.sa.i.

代我向你家人問好。

☞ よろしくお願(ねが)いします。

yo.ro.shi.ku./o.ne.ga.i.shi.ma.su.

還請多多照顧包涵。

☞ よろしくね。

yo.ro.shi.ku.ne.

請多照顧包涵。

☞ これからもよろしくお願(ねが)いします。

ko.re.ka.ra.mo./yo.ro.shi.ku./o.ne.ga.i.shi.ma.su.

今後請多多指教。

問候病人

お大事(だいじ)に。

o.da.i.ji.ni.

請保重身體。

說明

當談話的對象是病人時，在離別之際，會請對方多保重，此時，就可以用這句話來表示請對方多注意身體，好好養病之意。

會話

Ⓐ インフルエンザですね。二(に)、三日(さんにち)は家(いえ)で休(やす)んだほうがいいです。

i.n.fu.ru.e.n.za.de.su.ne./ni.sa.n.ni.chi.wa./i.e.de.ya.su.n.da.ho.u.ga./i.i.de.su.

你得了流感。最好在家休息個兩、三天。

Ⓑ はい、分(わ)かりました。

ha.i./wa.ka.ri.ma.shi.ta.

我的，我知道了。

Ⓐ では、お大事(だいじ)に。

de.wa./o.da.i.ji.ni.

那麼，就請保重身體。

• track 166

會話

Ⓐ 田中(たなか)さんですね。白(しろ)い錠剤(じょうざい)は毎食後(まいしょくご) 1 錠(じょう)ずつ、この緑(みどり)のカプセルは 5 時間(じかん)おきに一(ひと)つずつお飲(の)みください。

ta.na.ka.sa.n.de.su.ne./shi.ro.i./jo.u.za.i.wa./ma.i.sho.ku.go./i.chi.jo.u./zu.tsu./ko.no.mi.do.ri.no./ka.pu.se.ru.wa./go.ji.ka.n./o.ki.ni./hi.to.tsu.zu.tsu./o.no.mi.ku.da.sa.i.

田中先生是吧。白色錠三餐後一次1顆，這個綠色的膠囊每隔5小時吃1顆。

Ⓑ はい、わかりました。ありがとうございました。

ha.i./wa.ka.ri.ma.sh.ta./a.ri.ga.to.u./go.za.i.ma.sh.ta.

好，我知道了，謝謝。

Ⓐ お大事(だいじ)に。

o.da.i.ji.ni.

請保重。

應用句

☞ どうぞお大事(だいじ)に。

do.u.zo./o.da.i.ji.ni.

請保重身體。

☞ お大事(だいじ)に、早(はや)くよくなってくださいね。

o.ka.i.ji.ni./ha.ya.ku./yo.ku.na.tte./ku.da.sa.i.ne.

請保重，要早點好起來喔！

麻煩別人

ご迷惑(めいわく)をおかけして申(もう)し訳(わけ)ありませんでした。

go.me.i.wa.ku.o./o.ka.ke.shi.te./mo.u.shi.wa.ke.a.ri.ma.se.n.de.shi.ta.

造成您的困擾，真是深感抱歉。

說明

日本社會中，人人都希望盡量不要造成別人的困擾，因此當自己有可能使對方感到不便時，就會主動道歉，而生活中也會隨時提醒自己的小孩不要影響到他人。

會話

Ⓐ ご迷惑(めいわく)をおかけして申(もう)し訳(わけ)ありませんでした。

go.me.i.wa.ku.o./o.ka.ke.shi.te./mo.u.shi.wa.ke.a.ri.ma.se.n.de.shi.ta.

造成您的困擾，真是深感抱歉。

Ⓑ 今後(こんご)はしっかりお願(ねが)いします。

ko.n.go.wa./shi.kka.ri.o.ne.ga.i.shi.ma.su.

之後你要多注意點啊！

● track 167

應用句

☞ 他人(たにん)に迷惑(めいわく)をかけるな！

ta.ni.n.ni./me.i.wa.ku.o.ka.ke.ru.na.

不要造成別人的困擾！

☞ ご迷惑(めいわく)をおかけします。

go.me.i.wa.ku.o./o.ka.ke.shi.ma.su.

造成你困擾了。

☞ ご迷惑(めいわく)をおかけしました。

go.me.i.wa.ku.o./o.ka.ke.shi.ma.shi.ta.

給您添麻煩了。

致意

恐れ入ります。
o.so.re.i.ri.ma.su.
抱歉。／不好意思。

說 明

這句話含有誠惶誠恐的意思，當自己有求於人，又怕對方正在百忙中無法抽空時，就會用這句話來表達自己實在不好意思之意。

會 話

Ⓐ お休み中に恐れ入ります。
o.ya.su.mi.chu.u.ni./o.so.re.i.ri.ma.su.
不好意思，打擾你休息。

Ⓑ 何ですか？
na.n.de.su.ka.
有什麼事嗎？

應用句

☞ ご迷惑を掛けまして恐れ入りました。
go.me.i.wa.ku.o.ka.ke.ma.shi.te./o.so.re.i.ri.ma.shi.ta.
不好意思，造成你的麻煩。

☞ まことに恐れ入ります。
ma.ko.to.ni./o.so.re.i.ri.ma.su.
真的很不好意思。

• track 168

☞ 恐れ入りますが、今何時でしょうか？

o.so.re.i.ri.ma.su.ga./i.ma.na.n.ji.de.sho.u.ka.

不好意思，請問現在幾點？

☞ すみません。

su.me.ma.se.n.

對不起。

☞ おじゃまします。

o.ja.ma./shi.ma.su.

打擾了。

☞ ごめんください。

go.me.n./ku.da.sa.i.

有人在嗎？

請人別客氣

えんりょ
遠慮しないで。

e.n.ryo.u.shi.na.i.de.

不用客氣。

說　明

因為日本民族性中，為了盡量避免造成別人的困擾，總是經常拒絕或是有所保留。若遇到這種情形，想請對方不用客氣，就可以使用這句話。

會　話

Ⓐ 遠慮（えんりょ）しないで、たくさん召（め）し上（あ）がってくださいね。

e.n.ryo.u.shi.na.i.de./ta.ku.sa.n.me.shi.a.ga.tte./ku.da.sa.i.ne.

不用客氣，請多吃點。

Ⓑ では、お言葉（ことば）に甘（あま）えて。

de.wa./o.ko.to.ba.ni.a.ma.e.te.

那麼，我就恭敬不如從命。

會　話

Ⓐ お手伝（てつだ）いしましょうか？

o.te.tsu.da.i.shi.ma.sho.u.ka.

需要我效勞嗎？

• track 169

Ⓑ いいえ、大丈夫(だいじょうぶ)です。

i.i.e./da.i.jo.u.bu.de.su.

不用了，我可以的。

Ⓐ ご遠慮(えんりょ)なく。

go.e.n.ryo.na.ku.

別客氣了。

Ⓑ いいですか？ありがとうございます。

i.i.de.su.ka./a.ri.ga.to.u.go.za.i.ma.su.

這樣嗎？那就謝謝你了。

應用句

☞ ご遠慮(えんりょ)なく。

go.e.n.ryo.na.ku.

請別客氣。

☞ 遠慮(えんりょ)なくちょうだいします。

e.n.ryo.na.ku./cho.u.da.i.shi.ma.su.

那我就不客氣了。

久等了

お待たせ。
o.ma.ta.se.
久等了。

說明

當朋友相約，其中一方較晚到時，就可以說「お待たせ」。而在比較正式的場合，比如說是面對客戶時，無論對方等待的時間長短，還是會說「お待たせしました」，來表示讓對方久等了，不好意思。

會話

Ⓐ ごめん、お待たせ。
go.me.n./o.ma.ta.se.
對不起，久等了。

Ⓑ ううん、行こうか。
u.u.n./i.ko.u.ka.
不會啦！走吧。

會話

Ⓐ いや、お待たせ。
i.ya./o.ma.ta.se.
嘿，久等了。

● track 170

Ⓑ もう、遅(おそ)いよ。

mo.u./o.so.i.yo.

真是的，很慢耶。

應用句

☞ お待(ま)たせしました。

o.ma.ta.se.shi.ma.shi.ta.

讓你久等了。

☞ お待(ま)たせいたしました。

o.ma.ta.se.i.ta.shi.ma.shi.ta.

讓您久等了。（較禮貌）

自謙

とんでもない。

to.n.de.mo.na.i.

哪兒的話。／不好意思。

說 明

這句話是用於表示謙虛。當受到別人稱讚時，回答「**とんでもないです**」，就等於是中文的「哪兒的話」。而當自己接受他人的好意時，則用這句話表示自己沒有好到可以接受對方的盛情之意。

會 話

Ⓐ これ、つまらない物（もの）ですが。

ko.re./tsu.ma.ra.na.i.mo.no.de.su.ga.

送你，這是一點小意思。

Ⓑ お礼（れい）をいただくなんてとんでもないことです。

o.re.i.o.i.ta.da.ku.na.n.te./to.n.de.mo.na.i.ko.to.de.su.

怎麼能收你的禮？真是太不好意思了。

會 話

Ⓐ なんとお礼（れい）を申（もう）し上（あ）げてよいやらわかりません。

na.n.to./o.re.i.o./mo.u.shi.a.ge.te./yo.i.ya.ra./wa.ka.ri.ma.se.n.

不知道該怎麼感謝您才好。

•track 171

Ⓑいや、とんでもない。

i.ya./to.n.de.mo.na.i.

不，哪兒的話。

應用句

☞とんでもありません。

to.n.de.mo.a.ri.ma.se.n.

哪兒的話。

☞まったくとんでもない話(はなし)だ。

ma.tta.ku.to.n.de.mo.na.i.ha.na.shi.da.

真是太不合情理了。

☞光栄(こうえい)です。

ko.u.e.i.de.su.

深感榮幸。

託福

おかげで。

o.ka.ge.de.

託福。

說明

當自己接受別人的恭賀時，在道謝之餘，同時也感謝對方之前的支持和幫忙，就會用「おかげさまで」來表示自己的感恩之意。

會話

Ⓐ 試験（しけん）はどうだった？

shi.ke.n.wa./do.u.da.tta.

考試結果如何？

Ⓑ 先生（せんせい）のおかげで合格（ごうかく）しました。

se.n.se.i.no.o.ka.ge.de./go.u.ka.ku.shi.ma.shi.ta.

託老師的福，我通過了。

應用句

☞ おかげさまで。

o.ka.ge.sa.ma.de.

託你的福。

☞ あなたのおかげです。

a.na.ta.no.o.ka.ge.de.su.

託你的福。

●track 173

思考中

えっと。
e.tto.
呃…。

說 明

回答問題的時候，如果還需要一些時間思考，日本人通常會用重複一次問題，或是利用一些詞來延長回答的時間，像是「えっと」「う～ん」之類的，都可以在思考問題時使用。

會 話

Ⓐ三上(みかみ)さんのロッカーは何番(なんばん)ですか？
mi.ka.mi.sa.n.no.ro.kka.a.wa./na.n.ba.n.de.su.ka.
三上先生的櫃子是幾號？

Ⓑえっと…、ちょっと思(おも)い出(だ)せません。
e.tto./cho.tto.o.mo.i.da.se.ma.se.n.
嗯，我忘了。

會 話

Ⓐ切符(きっぷ)を買(か)いたいんですが、この機械(きかい)の使(つか)い方(かた)がわかりません。どうしたらいいですか？
ki.ppu.o.ka.i.ta.i.n.de.su.ga./ko.no.ki.ka.i.no.tsu.ka.i.ka.ta.ga./wa.ka.ri.ma.se.n./do.u.shi.ta.ra./i.i.de.su.ka.
我想要買車票，但不會用這個機器。該怎麼辦呢？

Ⓑ このボタンを押してから、お金を入れてください。

ko.on.ba.ta.n.o./o.shi.te.ka.ra./o.ka.ne.o.i.re.te./ku.da.sa.i.

按下這個按扭後，投入金錢。

Ⓐ えっと、このボタンを押してから、お金を入れるんですね。

e.tto./ko.no.bo.ta.n.o./so.shi.te.ka.ra./o.ka.ne.o./i.re.ru.n.de.su.ne.

嗯…先按這個按扭，再投錢是吧。

應用句

☞ えっとね。

e.tto.ne.

呃……。

☞ えっと…、えっと…。

e.tto./e.tto.

嗯…，嗯…。

•track 174

完成了

できた。

de.ki.ta.

做到了。／完成了。／有了。

說　明

終於完成一件事的時候，可以用這句話來表示大功告成。另外建築物完工、有了朋友等，也可以用「できた」。

會　話

Ⓐ 好(す)きな人(ひと)ができた。

su.ki.na.hi.to.ga./de.ki.ta.

我有喜歡的人了。

Ⓑ えっ！誰(だれ)？教(おし)えて。

e./da.re./o.shi.e.te.

是誰？告訴我？

應用句

☞ 宿題(しゅくだい)は全部(ぜんぶ)できた。

shu.ku.da.i.wa./ze.n.bu.de.ki.ta.

功課全部寫完了。

☞ 食事(しょくじ)ができた。

sho.ku.ji.ga.de.ki.ta.

飯菜好了。

☞ この当たりはだいぶ家ができた。

ko.no.a.ta.ri.wa./da.i.bu.i.e.ga./de.ki.ta.

這附近蓋了很多房子。

☞ 食事ができた。

sho.ku.ji.ga./de.ki.ta.

飯菜準備好了。

☞ 夫婦の間に女の子ができた。

fu.u.fu.no./a.i.da.ni./o.n.na.no.ko.ga./de.ki.ta.

夫婦間有了女兒。

☞ ご飯ができましたよ。

go.ha.n.ga./de.ki.ma.shi.ta.yo.

飯菜煮好了喔。

● track 175

受不了

たまらない。

ta.ma.ra.na.i.

受不了。／忍不住。

說明

「たまらない」有正反兩面的意思，一方面用來對於事情無法忍受；另一方面則是十分喜愛，中意到忍不住讚嘆之意。

會話

Ⓐ 立(た)てるか？

ta.te.ru.ka.

站得起來嗎？

Ⓑ 無理(むり)！足(あし)が痛(いた)くてたまらない。

mu.ri./a.shi.ga.i.ta.ku.te./ta.ma.ra.na.i.

不行！腳痛得受不了。

應用句

☞ 寂(さび)しくてたまらない。

sa.bi.shi.ku.te./ta.ma.ra.na.i.

寂寞得受不了。

☞ 好(す)きで好(す)きでたまらない。

su.ki.de./su.ki.de./ta.ma.ra.na.i.

喜歡得不得了。

難得

せっかく。

se.kka.ku.

難得。

説　明

遇到兩人難得相見的場面，可以用「**せっかく**」來表示機會難得。有時候，則是用說明自己或是對方專程做了某些準備，但是結果卻不如預期的場合。

會　話

Ⓐ せっかくですから、ご飯(はん)でも行(い)かない？

se.kka.ku.de.su.ka.ra./go.ha.n.de.mo.i.ka.na.i.

難得見面，要不要一起去吃飯？

Ⓑ ごめん、ちょっと用(よう)があるんだ。

go.me.n./sho.tto.yo.u.ga.a.ru.n.da.

對不起，我還有點事。

會　話

Ⓐ 田中(たなか)さん、何(なに)か食(た)べたいものはありますか?

ta.na.ka.sa.n./na.ni.ka.ta.be.ta.i.mo.no.wa./a.ri.ma.su.ka.

田中先生有想吃什麼嗎？

• track 176

Ⓑ スタミナをつける食べものが食べたいんです。この辺に何かお薦めのお店はありませんか？

su.ta.mi.na.o./tsu.ke.ru.ta.be.mo.no.ga./ta.be.ta.i.n.de.su./ko.no.he.n.ni./na.ni.ka./o.su.su.me.no.o.mi.se.wa./a.ri.ma.se.n.ka.

我想吃些可以補充體力的東西。這附近有什麼推薦的嗎？

Ⓐ そうですね。そうだ。この先に有名な定食屋さんがあります。そこの特製ハンバーグはとってもおいしいですよ。

so.u.de.su.ne./so.u.da./ko.no.sa.ki.ni./yu.u.me.i.na.te.i.sho.ku.ya.sa.n.ga./a.ri.ma.su./so.ko.no.to.ku.se.i.ha.n.ba.a.gu.ha./to.tte.mo.o.i.shi.i.de.su.yo.

這樣啊。對了，前面有一家很有名的日式套餐店。那裡的特製漢堡排非常好吃喔。

Ⓑ 本当ですか？行ってみたいです。そこにしましょう。

ho.n.to.u.de.su.ka./i.tte.mi.ta.i.de.su./so.ko.ni.shi.ma.sho.u.

真的嗎？真想吃吃看，就去那邊吧。

Ⓐ でも、この時間は並ばないと入れませんよ。

de.mo./ko.no.ji.ka.n.wa./na.ra.ba.na.i.to./ha.i.re.ma.se.n.yo.

不過，這個時間要是不排隊的話就進不去耶。

Ⓑ かまいません。せっかく近くまで来たんですから。

ka.ma.i.ma.se.n./se.kka.ku.chi.ka.ku.ma.de./ki.ta.n.de.su.ka.ra.

沒關係，難得到這附近來一趟。

應用句

☞ せっかくの料理が冷めてしまった。

se.kka.ku.no.ryo.ri.ga./sa.me.te.shi.ma.tta.

特地做的餐點都冷了。

☞ せっかくですが結構です。

se.kka.ku.de.su.ga./ke.kko.u.de.su.

難得你特地邀約，但不用了。

•track 177

也就是說

つまり。

tsu.ma.ri.

也就是說。

說　明

這句話有總結的意思，在對話中，經過前面的解釋、溝通中，得出了結論和推斷，用總結的一句話講出時，就可以用到「**つまり**」。

會　話

Ⓐ今日(きょう)は用事(ようじ)があるから…。

kyo.u.wa./yo.u.ji.ga.a.ru.ka.ra.

今天有點事……。

Ⓑつまり行(い)かないってこと？

tsu.ma.ri./i.ka.na.i.tte.ko.to.

也就是說你不去囉？

應用句

☞つまりあなたは何(なに)をしたいの？

tsu.ma.ri.a.na.ta.wa./na.ni.o.shi.ta.i.no.

你到底是想做什麼呢？

☞これはつまりあなたのためだ。

ko.re.wa./tsu.ma.ri.a.na.ta.no.ta.me.da.

總之這都是為了你。

找理由

だって。

da.tte.

但是。

說　明

受到對方的責難、抱怨時，若自己也有滿腹的委屈，想要有所辯駁時，就可以用「だって」，而使用這個關鍵字時。但是這句話可不適用於和長輩對話時使用，否則會被認為是任性又愛強辯喔！

會　話

Ⓐ 早(はや)くやってくれよ。

ha.ya.ku.ya.tte.ku.re.yo.

快點去做啦！

Ⓑ だって、暇(ひま)がないんですよ。

da.tte./hi.ma.ga./na.i.n.de.su.yo.

但是，我沒有時間嘛！

應用句

☞ 旅行(りょこう)に行(い)くのはやめよう。だって、チケットが取れないもんね。

ryo.ko.u.ni.i.ku.no.wa./ya.me.yo.u./da.tte./chi.kke.to.ga./to.re.na.i.mo.n.ne.

我不去旅行了，因為我買不到票。

•track 178

確信

確(たし)か。

ta.shi.ka.

的確。

說　明

在對話中，對自己的想法或記憶有把握，但是又不想講得太斬釘截鐵，就會用「確か」來把示自己對這件事是有把握的。

會　話

Ⓐ パーティーは八時半(はちじはん)って聞(き)いてたけど。

pa.a.ti.i.wa.ha.chi.ji.ha.n.tte./ki.i.te.ta.ke.do.

我聽說派對是八點半開始。

Ⓑ いや、電話(でんわ)で七時半(しちじはん)にって確(たし)かに聞(き)きました。

i.ya./de.n.wa.de.shi.chi.ji.ha.n.ni.tte./ta.shi.ka.ni.ki.ki.ma.shi.ta.

不，我在電話中的確聽到是說七點半。

應用句

☞ 確(たし)かな証拠(しょうこ)がある。

ta.shi.ka.na.sho.u.ko.ga.a.ru.

有確切的證據。

同様

わたしも。

wa.ta.shi.mo.

我也是。

說 明

「も」這個字是「也」的意思，當人、事、物有相同的特點時，就可以用這個字來表現。

會 話

Ⓐ 昨日(きのう)海(うみ)へ行(い)ったんだ。

ki.no.u./u.mi.e.i.tta.n.da.

我昨天去了海邊。

Ⓑ 本当(ほんとう)？わたしも行(い)ったよ。

ho.n.to.u./wa.ta.shi.mo.i.tta.yo.

真的嗎？我昨天也去了耶！

應用句

☞ 今日(きょう)もまた雨(あめ)です。

kyo.u.mo.ma.ta.a.me.de.su.

今天又是雨天。

●track 179

總而言之

とにかく。
to.ni.ka.ku.
總之。

說　明

在遇到困難或是複雜的狀況時，要先做出適當的處置時，就會用「**とにかく**」。另外在表達事物程度時，也會用到這個字，像是「**とにかく**寒**い**」，就是表達出「不管怎麼形容，總之就是很冷」的意思。

會　話

Ⓐ 田中（たなか）さんは用事（ようじ）があって今日（きょう）は来（こ）られないそうだ。
ta.na.ka.sa.n.wa./yo.u.ji.ga.a.tte./kyo.u.wa.ko.ra.re.na.i.so.u.da.
田中先生今天好像因為有事不能來了。

Ⓑ とにかく昼（ひる）まで待（ま）ってみよう。
to.ni.ka.ku./hi.ru.ma.de.ma.tte.mi.yo.u.
總之我們先等到中午吧。

應用句

☞ とにかく会議（かいぎ）は来週（らいしゅう）まで延期（えんき）だ。
to.ni.ka.ku./ga.i.gi.wa./ra.i.shu.u.ma.de.e.n.ki.da.
總之會議先延期到下週好了。

趕緊

さっそく。

sa.sso.ku.

趕緊。

說明

這句話有立刻的意思。可以用來表示自己急於進入下一步驟，不想要浪費時間的意思。

會話

Ⓐ 早速(さっそく)ですが、本題(ほんだい)に入(はい)らせていただきます。

sa.sso.ku.de.su.ga./ho.n.da.i.ni.ha.i.ra.se.te./i.ta.da.ki.ma.su.

那麼，言歸正傳吧。

Ⓑ ええ。

e.e.

好。

應用句

☞ 早速(さっそく)お送(おく)りします。

sa.sso.ku.o.o.ku.ri.shi.ma.su.

趕緊送過去。

●track 180

不可思議

不思議だ。(ふしぎ)

fu.shi.gi.da.

不可思議。

說明

這句話和中文中的「不可思議」，不但文字相似，意思也差不多。通常是事情的發生讓人覺得很難以想像時使用。

會話

Ⓐ あのアニメって何(なん)で人気(にんき)があるんだろう？

a.no.a.ni.me.tte./na.n.de.ni.n.ki.ga.a.ru.n.da.ro.u.

那部動畫到底為什麼這麼受歡迎呢？

Ⓑ 不思議(ふしぎ)だよね。

fu.shi.gi.da.yo.ne.

很不可思議吧！

應用句

☞ 世(よ)にも不思議(ふしぎ)な物語(ものがたり)。

yo.ni.mo.fu.shi.gi.na.mo.no.ga.ta.ri.

世界奇妙故事。

☞ 彼(かれ)が最後(さいご)に裏切(うらぎ)っても別(べつ)に不思議(ふしぎ)はない。

ka.re.ga./sa.i.go.ni.u.ra.gi.tte.mo./be.tsu.ni.fu.shi.gi.wa.na.i.

他最後會背叛大家這件事，沒有什麼意外的。

恍然大悟

なるほど。

na.ru.ho.do.

原來如此。

說 明

當自己對一件事情感到恍然大悟的時候，就可以用這一句話來說明自己如夢初醒，有所理解。

會 話

Ⓐ どうして今日（きょう）は来（こ）なかったの？

do.u.shi.te.kyo.u.wa./ko.na.ka.tta.no.

為什麼今天沒有來？

Ⓑ ごめん、電車（でんしゃ）が三時間（さんじかん）も遅（おく）れたんだ。

go.me.n./de.n.sha.ga./sa.n.ji.ka.n.mo./o.ku.re.ta.n.da.

對不起，火車誤點了三個小時

Ⓐ なるほど。

na.ru.ho.do.

原來是這樣。

● track 181

理所當然

もちろん。
mo.chi.ro.n.
當然。

説 明

當自己覺得事情理所當然，對於事實已有十足把握時，就可以用「**もちろん**」來表示很有胸有成竹、理直氣壯的感覺。

會 話

Ⓐ 二次会(にじかい)に行(い)きますか？
ni.ji.ka.i.ni.i.ki.ma.su.ka.
要不要去下一攤？

Ⓑ もちろん！
mo.chi.ro.n.
當然要！

track 181

下次、這次

今度（こんど）。

ko.n.do.

這次。／下次。

說明

「今度」在日文中有「這次」和「下次」兩種意思。要記得依據對話的內容，來判斷出對方所說的到底是這一次還是下一次喔！

會話

Ⓐ 今度（こんど）は由紀（ゆき）くんの番（ばん）だ。

ko.n.do.wa./yu.ki.ku.n.no.ba.n.da.

這次輪到由紀了。

Ⓑ はい。

ha.i.

好。

會話

Ⓐ 今度（こんど）の日曜日（にちようび）は何日（なんにち）ですか？

ko.n.do.no./ni.chi.yo.u.bi.wa./na.n.ni.chi.de.su.ka.

下個星期天是幾號？

Ⓑ 二十日（はつか）です。

ha.tsu.ka.de.su.

二十號。

•track 182

接著

それから。

so.re.ka.ra.

然後。

說明

當事情的發生有先後順序，或是想講的東西有很多時，用來表示順序。而向對方詢問下一步該怎麼做，或是後來發生了什麼事時，也可以用這句話來詢問對方。

會話

Ⓐ昨日（きのう）、すりに遭（あ）ったの。

ki.no.u./su.ri.ni.a.tta.no.

我昨天遇到扒手了。

Ⓑえっ！大変（たいへん）だね。それから？

e./ta.i.he.n.da.ne./so.re.ka.ra.

什麼！真是不得了。然後呢？

應用句

☞まずひと休（やす）みしてそれから仕事（しごと）にかかろう。

ma.zu.hi.to.ya.su.mi.shi.te./so.re.ka.ra./shi.go.to.ni.ka.ka.ro.u.

先休息一下，然後再開始工作。

不出所料

やはり。

ya.ha.ri.

果然。

說　明

當事情的發生果然如同自己事先的預料時，就可以用「**やはり**」來表示自己的判斷是正確的。

會　話

Ⓐ やはり和食(わしょく)と日本酒(にほんしゅ)の相性(あいしょう)は抜群(ばつぐん)ですよ。

ya.ha.ri./wa.sho.ku.to.ni.ho.n.shu.no./a.i.sho.u.wa./ba.tsu.gu.n.de.su.yo.

日本料理果然還是要配上日本酒才更相得益彰。

Ⓑ そうですね。

so.u.de.su.ne.

就是說啊。

應用句

☞ 聞(き)いてみたがやはり分(わ)からない。

ki.i.te.mi.ta.ga./ya.ha.ri.wa.ka.ra.na.i.

既使是問了，果然也還是不懂。

●track 183

斷定絕對

絶対（ぜったい）。

ze.tta.i.

一定。

說　明

「絕對」在日文中是「一定」的意思。在做出承諾，表示自己保證會這麼做的時候，就可以用「絕對」來表現決心。

會　話

Ⓐごめん、今日（きょう）は行（い）けなくなちゃった。来週（らいしゅう）は絶対（ぜったい）行（い）くね。

go.me.n./kyo.u.wa./i.ke.na.ku.na.cha.tta./ra.i.shu.wa.ze.tta.i.i.ku.ne.

對不起，今天不能去了。下星期一定會過去。

Ⓑ絶対（ぜったい）に来（き）てよ。

ze.tta.i.ni./ki.te.yo.

一定要來喔！

存疑

本当(ほんとう)？

ho.n.to.u.

真的嗎？

會 話

聽完對方的說法之後，要確認對方所說的是不是真的，或者是覺得對方所說的話不大可信時，可以用這句話來表示心中的疑問。另外也可以用來表示事情真的如自己所描述。

會 話

Ⓐ 昨日(きのう)、街(まち)で芸能人(げいのうじん)を見(み)かけたんだ。

ki.no.u./ma.chi.de.ge.i.no.u.ji.n.o./mi.ka.ke.ta.n.da.

我昨天在路上看到明星耶！

Ⓑ えっ、本当(ほんとう)？

e./ho.n.to.u.

真的嗎？

應用句

☞ 本当(ほんとう)ですか？

ho.n.to.u.de.su.ka.

真的嗎？

☞ 本当(ほんとう)に面白(おもしろ)かった。

ho.n.to.u.ni./o.mo.shi.ro.ka.tta.

• track 184

真的很好玩。

☞ 本当(ほんとう)？嘘(うそ)？

ho.n.to.u./u.so.

真的還是假的？

☞ うそ！

u.so.

騙人！

☞ うそだろう？

u.so.da.ro.u.

騙人的吧？（男性用語）

☞ そんなのうそに決(き)まってんじゃん！

so.n.na.no.u.so.ni./ki.ma.tte.n.ja.n.

聽就知道一定是謊話。

☞ うそでしょう？

u.so.de.sho.u.

你是騙人的吧？

好奇

どうして？

do.u.shi.te.

為什麼？

說　明

想要知道事情發生的原因，或者是對方為什麼要這麼做時，就用這個關鍵字來表示自己不明白，請對方再加以說明。

會　話

Ⓐ 昨日(きのう)はどうして休(やす)んだの？

ki.no.u.wa./do.u.shi.te./ya.su.n.da.no.

昨天為什麼沒有來上班呢？

Ⓑ すみません。急(きゅう)に用事(ようじ)ができて実家(じっか)に帰(かえ)ったんです。

su.mi.ma.se.n./kyu.u.ni.yo.u.ji.ga./de.ki.te./ji.kka.ni.ka.e.tta.n.de.su.

對不起，因為突然有點急事所以我回老家去了。

應用句

☞ どうしていいか分(わ)からない。

do.u.shi.te.i.i.ka./wa.ka.ra.na.i.

不知道怎麼辦才好。

●track 186

什麼意思

どういう意味（いみ）？

do.u.i.u.i.mi.

什麼意思？

說明

日文中的「意味」就是「意思」，聽過對方的話之後，並不了解對方說這些話是想表達什麼意思時，可以用「**どういう**意味」加以詢問。

會話

Ⓐ それ以上（いじょう）聞（き）かないほうがいいよ。

so.re.i.jo.u./ki.ka.na.i.ho.u.ga.i.i.yo.

你最好不要再追問下去。

Ⓑ えっ、どういう意味（いみ）？

e./do.u.i.u.i.mi.

咦，為什麼？

應用句

☞ 意味（いみ）が分（わ）からない。

i.mi.ga./wa.ka.ra.na.i.

我不懂你的意思。

☞ そんなことをしても意味（いみ）がない。

so.n.na.ko.to.o./shi.te.mo.i.mi.ga.na.i.

這樣做也是沒意義。

好吃

おいしい。

o.i.shi.i.

好吃。

說 明

吃到美食時，就用「おいしい」來表示東西好吃。另外常聽到的「うまい」則是屬於非正式，較偏男生使用的句子。

會 話

Ⓐ 田中(たなか)さんの分(ぶん)が出来上(できあ)がったようですよ。

ta.na.ka.sa.n.no.bu.n.ga./de.ki.a.ga.tta.yo.u.de.su.yo.

田中先生的餐好像已經好了。

Ⓑ じゃあ、お先(さき)にいただきます。

ja.a./o.sa.ki.ni.i.ta.da.ki.ma.su.

那我就先開動了。

Ⓐ どうですか？

do.u.de.su.ka.

味道如何？

Ⓑ おいしいです。こんなにジューシーなハンバーグは初(はじ)めて食(た)べました。

o.i.shi.i.de.su./ko.n.na.ni.ju.u.shi.i.na.ha.n.ba.a.gu.wa./ha.ji.me.te.ta.be.ma.shi.ta.

●track 187

很好吃，我還是第一次吃到這麼多汁的漢堡排。

會 話

Ⓐ今回(こんかい)の壮行会(そうこうかい)、例(れい)の居酒屋(いざかや)に行(い)きましょうか？

ko.n.ka.i.no./so.u.ko.u.ka.i./re.i.no.i.za.ka.ya.ni./i.ki.ma.sho.u.ka.

這次的調職送別會，就照常去那家居酒屋吧。

Ⓑううん、居酒屋(いざかや)もいいんですけど、私(わたし)はおいしいお料理(りょうり)が食(た)べたいです。

u.u.n./i.za.ka.ya.mo.i.i.n.de.su.ke.do./wa.ta.shi.wa./o.i.shi.i.o.ryo.u.ri.ga./ta.be.ta.i.de.su.

嗯…，那家居酒屋也錯，可是我也想吃好吃的菜。

Ⓐ例(たと)えばどんなものですか？

ta.to.e.ba./do.n.na.mo.no.de.su.ka.

譬如什麼菜呢？

會 話

Ⓐイカがぷりっと、たけのこがしゃきしゃき、食感抜群(しょっかんばつぐん)ですね。

i.ka.ga./pu.ri.tto./ta.ke.no.ko.ga.sha.ki.sha.ki./sho.kka.n.ba.tsu.gu.n.de.su.ne.

花枝吃起來很有彈性，竹筍也很爽脆，口感很棒。

Ⓑそうですね、イカの食感(しょっかん)とたけのこの風味(ふうみ)は味(あじ)の決(き)め手(て)らしいです。

so.u.de.su.ne./i.ka.no.sho.kka.n.to./ta.ke.no.ko.no./fu.

u.mi.wa./a.ji.no.ki.me.te.ra.shi.i.de.su.
是啊，花枝的口感和竹筍的味道，似乎就是這道菜的關鍵。

Ⓐ とてもおいしいです。
to.te.mo.o.i.shi.i.de.su./ja.a.
真是好吃。

應用句

☞ 皮（かわ）がぷりぷりの食感（しょっかん）でおいしいです。
ka.wa.ga./pu.ri.pu.ri.no.sho.kka.n.de./o.i.shi.i.de.su.
皮具有彈性口感十分可口。

☞ こちらは「世界（せかい）のおいしいレストランBEST10」に選（えら）ばれた名店（めいてん）です。
ko.chi.ra.wa./se.ka.i.no./o.i.shi.i.re.su.to.ra.n.be.su.to.te.n.ni./e.ra.ba.re.ta.me.i.te.n.de.su.
這家是入選世界最好吃餐廳前十名的名店。

• track 188

糟糕

まずい。

ma.zu.i.

糟了。／難吃。

說　明

「まずい。」是指東西難吃的意思。另外也可以形容事態糟糕，或是情況不妙。

會　話

Ⓐ 急（いそ）いで。間（ま）に合（あ）わなかったらまずいよ。

i.so.i.de./ma.ni.a.wa.na.ka.tta.ra./ma.zu.i.yo.

快一點，沒趕上就慘了。

Ⓑ せかすなよ。

se.ka.su.na.yo.

別催我啦！

會　話

Ⓐ いただきます。

i.ta.da.ki.ma.su.

開動了。

Ⓑ お味（あじ）はどうですか？

o.a.ji.wa./do.u.de.su.ka.

味道怎麼樣呢？

Ⓐまずい！

ma.zu.

真難吃！

應用句

☞それはまずいよ。

so.re.wa./ma.zu.i.yo.

那可不妙。

☞まさかこんなにまずいとは…。

ma.sa.ka./ko.n.na./ni.ma.zu.i.to.wa.

沒想到會這麼難吃。

☞それはまずいやり方(かた)だ。

so.re.wa./ma.zu.i./ya.ri.ka.ta.da.

那是不好的手段。

☞そんなまずい言(い)い訳(わけ)は通用(つうよう)しない。

so.n.na./ma.zu.i./i.i.wa.ke.wa./tsu.u.yo.u.shi.na.i.

那麼糟的理由是行不通的。

☞まずい事言(ことい)っちゃったかな。

ma.zu.i.ko.to./i.ccha.tta.ka.na.

好像說了不該說的話。

•track 189

有個性

かっこういい。

ka.kko.u.i.i.

太棒了。／太帥了。

說 明

「**かっこういい**」也可以寫成「**かっこいい**」，是指很帥、很有型的意思。也可以引申至行為、服裝穿著、動作、個性…等。至於很糟糕或是很差勁、不得體、不夠有個性，就可以說是「**かっこうわるい**」。

會 話

Ⓐ見（み）て、最近（さいきん）買った時計（とけい）。

mi.te./sa.i.ki.n.ka.tta.to.ke.i.

你看！我最近買的手錶。

Ⓑかっこういい！

ka.kko.u.i.i.

好酷喔！多少錢？

會 話

Ⓐ福山（ふくやま）さんはかっこういい！

fu.ku.ya.ma.sa.n.wa./ka.kko.u.i.i.

福山先生真帥！

Ⓑ でも、木村(きむら)さんのほうが男(おとこ)らしいよね。

de.mo./ki.mu.ra.sa.n.no.ho.u.ga./o.to.ko.ra.shi.i.yo.ne.

不過，木村先生比較有男子氣概。

會 話

Ⓐ 見(み)て！新(あたら)しい携帯(けいたい)。

mi.te./a.ta.ra.shi.i.ke.i.ta.i.

看！我的新手機。

Ⓑ うわ、かっこういい！どこで買(か)ったの？

u.wa./ka.kko.i.i./do.ko.de.ka.tta.no.

真酷！在哪買的？

應用句

☞ かっこう悪(わる)い。

ka.kko.u.wa.ru.i.

真遜。

☞ ダサい。

da.sa.i.

外型很糟糕。／動作個性很遜。

連日本小學生都會的基礎單字

這些單字連日本小學生都會念

精選日本國小課本單字

附上實用例句

讓您一次掌握閱讀及會話基礎

我的菜日文【快速學會 50 音】

超強中文發音輔助 快速記憶 50 音

最豐富的單字庫 最實用的例句集

日文 50 音立即上手

日本人最想跟你聊的 30 種話題

精選日本人聊天時最常提到的各種話題

了解日本人最想知道什麼

精選情境會話及實用短句

擴充單字及會話語庫

讓您面對各種話題，都能侃侃而談

這句日語你用對了嗎

擺脫中文思考的日文學習方式

列舉台灣人學日文最常混淆的各種用法

讓你用「對」的日文順利溝通

不小心就學會日語

最適合初學者的日語文法書

一看就懂得學習方式

循序漸進攻略日語文法

日文單字急救包【業務篇】（50 開）

小小一本，大大好用

商用單字迅速查詢

輕鬆充實日文字彙

生活日語萬用手冊（48 開）

～～日語學習更豐富多元～～

生活上常用的單字句子一應俱全

用一本書讓日語學習的必備能力一次到位

你肯定會用到的 500 句日語（50 開）

出國必備常用短語集！

簡單一句話

解決你的燃眉之急

初學者一定要會的100句日語／雅典日研所 企編. -- 初版.
--新北市 ： 雅典文化, 民 100.07
面； 公分. -- （全民學日語：14）
ISBN⊙978-986-6282-37-9（平裝）
1.日語　2.句法
803.169　100008552

全民學日語系列：14

初學者一定要會的 100 句日語

企　編 ｜ 雅典日研所
出 版 者 ｜ 雅典文化事業有限公司
登 記 證 ｜ 局版北市業字第五七〇號
執行編輯 ｜ 許惠萍
編 輯 部 ｜ 22103 新北市汐止區大同路三段 194 號 9 樓之 1
TEL ／(02)86473663
FAX ／(02)86473660
劃撥帳號 ｜ 18965580 雅典文化事業有限公司
法律顧問 ｜ 中天國際法律事務所 涂成樞律師、周金成律師
總 經 銷 ｜ 永續圖書有限公司
22103 新北市汐止區大同路三段 194 號 9 樓之 1
E-mail: yungjiuh@ms45.hinet.net
網站：www.foreverbooks.com.tw
郵撥：18669219
TEL ／(02)86473663
FAX ／(02)86473660
出 版 日 ｜ 2011 年 07 月

雅典文化 讀者回函卡

謝謝您購買這本書。

為加強對讀者的服務，請您詳細填寫本卡，寄回**雅典文化**；並請務必留下您的E-mail帳號，我們會主動將最近"好康"的促銷活動告 訴您，保證值回票價。

書　　名：初學者一定要會的100句日語
購買書店：＿＿＿＿市／縣＿＿＿＿＿＿書店
姓　　名：＿＿＿＿＿＿　生　日：＿＿＿年＿＿月＿＿日
身分證字號：＿＿＿＿＿＿＿＿
電　　話：(私)＿＿＿＿ (公)＿＿＿＿ (手機)＿＿＿＿
地　　址：□□□ ＿＿＿＿＿＿＿＿
E - mail ：＿＿＿＿＿＿＿＿
年　　齡：□ 20歲以下　□ 21歲~30歲　□ 31歲~40歲
□ 41歲~50歲　□ 51歲以上
性　　別：□ 男　□ 女　婚姻：□ 單身　□ 已婚
職　　業：□學生　□大眾傳播　□自由業　□資訊業
□金融業　□銷售業　□服務業　□教職
□軍警　□製造業　□公職　□其他
教育程度：□高中以下（含高中）□大專　□研究所以上
職 位 別：□負責人　□高階主管　□中級主管
□一般職員□專業人員
職 務 別：□管理　□行銷　□創意　□人事、行政
□財務、法務　□生產　□工程　□其他＿＿＿

您從何得知本書消息？

□逛書店　□報紙廣告　□親友介紹
□出版書訊　□廣告信函　□廣播節目
□電視節目　□銷售人員推薦
□其他＿＿＿＿＿＿＿＿

您通常以何種方式購書？

□逛書店　□劃撥郵購　□電話訂購　□傳真訂購　□信用卡
□團體訂購　□網路書店　□其他＿＿＿＿＿＿

看完本書後，您喜歡本書的理由？

□內容符合期待　□文筆流暢　□具實用性　□插圖生動
□版面、字體安排適當　□內容充實
□其他＿＿＿＿＿＿＿＿

看完本書後，您不喜歡本書的理由？

□內容不符合期待　□文筆欠佳　□內容平平
□版面、圖片、字體不適合閱讀　□觀念保守
□其他＿＿＿＿＿＿＿＿

您的建議：

請用膠帶黏貼

廣告回信
基隆郵局登記證
基隆廣字第056號

新北市汐止區大同路三段194號9樓之1

雅典文化事業有限公司

編輯部　收

請沿此虛線對折免貼郵票，以膠帶黏貼後寄回，謝謝！

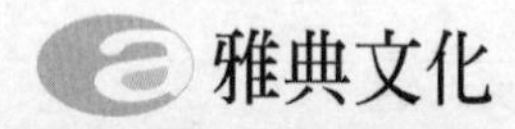

為你開啟知識之殿堂

YADAN